Gerhard Roos

ALLES KOMMT WIEDER

roos-gerhard-autor.de

Impressum

© 2023 Gerhard Roos
Herstellung und Verlag:
BoD – Books on Demand, Norderstedt

ISBN: 978-3-7578-0124-3

Inhalt

Alle Handlungen u[nd Personen] sind frei ersonnen.
Ähnlichkeiten mit lebenden [oder verstor]benen Personen sind zufällig
und n[icht beabsic]htigt

Prolog

Wie ein barmherziger Schleier liegt ein leichter Morgendunst über den ungewöhnlich trockenen Weiden. Wer in der Rüstringer Marsch zwischen Nordsee, Weser und Jadebusen wohnt, konnte sich bislang kaum vorstellen, dass die stets satt grünen Wiesenflächen so blass, so grau, an manchen Stellen sogar regelrecht braun werden könnten. Doch dieser heiße und trockene Sommer hat alle überrascht, die Landwirte schlechte Silage- und Heuernten einbringen lassen und selbst für das Weidevieh einmal täglich zusätzliche Fütterungen erzwungen. Die Hitze hat sogar den Singvögeln die Stimme verschlagen. Und meine Amseln, von denen hier sonst mindestens drei Brutpaare genistet haben, sind spurlos verschwunden. Nur die Krähen und Dohlen sind frech und laut wie eh und je.

Als unsere Tochter Anke mit ihrer Familie unser Haus übernommen hat, haben meine Frau und ich unsere angrenzende frühere Ferienwohnung ein wenig modernisiert und für uns eingerichtet. Seit ihrem Tod vor einigen Jahren lebe ich hier alleine, aber mit Tochter, Schwiegersohn und jetzt noch einem Enkel im Haupthaus beileibe nicht einsam. Und ab heute wird's sogar noch viel besser!

Aus meinem Küchenfenster beobachte ich, wie der graue Dunstschleier allmählich andere Farben bekommt. Alle möglichen Schattierungen der Farbscala von Gelb bis Rot erwecken den Eindruck einer fernen Feuersbrunst. Und wenig später zeigt sich über dem Horizont der obere Rand der Herbstsonne, die sich als deutliche Urheberin dieses wundersamen Farbenspiels unaufhaltsam nach oben schiebt und schnell so stark blendet, dass der Zauber dieser Morgenstunde schon verflogen ist, bevor er richtig begonnen hat. So schön ist es nicht jeden Tag, aber ‚alles kommt wieder' sagte mein Vater oft.

Nun gibt es keine Ausrede mehr, nicht zum Briefkasten zu gehen, um die Tageszeitung und eventuell zugestellte Briefe herein zu holen. Ein Brief ist tatsächlich im Kasten. Ich erkenne sofort die markante Handschrift meiner Schwester Anne. Die säuberlich geordnete Adresse füllt wie immer die halbe Fläche des Umschlags. Das muss wichtig sein. Sie wird am heutigen 10. Oktober einundachtzig Jahre alt. An ihren Geburtstag erinnern musste sie mich noch nie. Sie weiß doch, dass ich kurz nach neun der zumeist Erste sein werde, der sie anruft. So muss die Zeitung warten. Ich werde Annes Schreiben zuerst öffnen und in aller Ruhe lesen. So schwer, wie der Brief ist, dürfte er einige Blätter enthalten.

Dorfkinder

Unsere Kindheit und Jugend verbrachten wir Geschwister Hahn in einem mittelgroßen Dorf im oberhessischen Vogelsberg. Dieses Dorf Wackerstein verdankt seinen Namen einem riesigen Basaltfelsen, der ein Bestandteil der Turmmauer der bulligen Kirche ist, die auf der höchsten Stelle eines lang gezogenen Hügels wohl direkt unter Einbeziehung dieses Felsens vor Jahrhunderten errichtet und mindestens zwei Mal umgebaut worden ist. Das Dorf bedeckt den Hügel zu beiden Seiten. Zu jener Zeit war es komplett landwirtschaftlich geprägt. Ein Lädchen, zwei Kneipen, eine Schreinerei, eine Schmiede und die Werkstätten eines Schusters und eines Wagners ernährten ihre Inhaber nur deshalb, weil sie außerdem noch einiges Vieh hielten und ein paar karge Streifen Äcker und Wiesen bewirtschafteten. Ohne das historische Backhaus, das laut Inschrift im Sturzbalken über der Tür älter als die Kirche ist, hätte es kein Brot gegeben. Jede Familie hatte mit einigen anderen zusammen ihren festen Backtag. Und das Fleisch, das unsere Mutter sonntags auf den Tisch brachte, kaufte sie bei unserem Nachbarn, dem größten Bauer, der lustiger Weise auch Hermann Bauer hieß. Eier hatten wir genügend, denn Mutter hielt in unserem großen Garten in einem riesigen Pferch stets mehr als zwanzig Hühner und einen stolzen bunten Hahn. Und alles Gemüse baute sie, wie auch die Kartoffeln, dort selbst an.

Während meine Schwester Anne von unserem Vater schmunzelnd als „Vorkriegsmodell" bezeichnet werden konnte, war zur Zeit meiner Geburt der Zweite Weltkrieg bereits heftig im Gange. Vater war an der Front, und unsere Mutter wurstelte sich schlecht und recht alleine mit uns durch die schwierigen Jahre. Die Schulbehörde hatte dafür gesorgt, dass sie wenige Wochen nach meiner Geburt den Unterricht unseres Vaters in unserer kleinen Dorfschule übernahm, immerhin hatte sie fast die gleiche Ausbildung wie er, lediglich das letzte Praktikum hatten Annes Geburt und Säuglingszeit zuerst nur verschoben, wurde dann aber endgültig ein Opfer des beginnenden Weltkrieges. Wirtschaftlich waren wir dadurch zwar gesichert, aber Mutters Ängste um Vater und die alltägliche hohe Arbeitsbelastung ließen sie doch oft ungeduldig werden. Bald entwickelten wir Kinder einige Methoden, sie nicht zu reizen, besser gesagt alles unbemerkt zu veranstalten, was sie nach unserer Einschätzung gereizt haben könnte. Besonders Anne wurde eine Meisterin im Tarnen und Verschweigen.

Die beiden Schulräume und die Toiletten bildeten ein langgezogenes niedriges Gebäude. Daneben unser „Lehrerhaus", wie es im Dorf hieß, umfasste zwei bewohnbare Stockwerke. Das Schlafzimmer unserer Eltern, unsere beiden Kinderzimmer - ein großer Luxus in jener Zeit - und zusätzlich ein kleines Gästezimmer fanden sich im ersten Stock. Sogar Toiletten mit Spülung gab es in beiden Stockwerken, wohl später in einem zweistöckigen Erkerchen außen an das Haus angebaut. Mutter hatte eine fröhliche und fleißige junge Frau aus dem Dorf gefunden, die mit ihrem kleinen Karli, der nur einige Wochen älter war als ich, während der Schulzeit als zugleich Kindermädchen und Haushaltshilfe im Haus war. Auch ihr Mann war eingezogen worden. Bertha Schmidt und Mutter hatten so viele Gemeinsamkeiten, dass sich bald eine ganz herzliche Freundschaft entwickelte. Als Karli und ich dann laufen konnten, war allerlei kindlicher Unfug angesagt, Anne aber hielt diesen, den Anordnungen unserer „Tante Bertha" folgend, als ordentliche große Schwester bestens unter Kontrolle. Hie und da hatten unsere Väter Heimaturlaub. Tante Bertha brachte 1943 noch ein Mädchen zur Welt. Dass unsere Mutter 1944 eine Fehlgeburt erleben musste, haben wir natürlich nicht mitbekommen und erst Jahre später erfahren. Immerhin war aus diesem Grund unsere geliebte gütige Großmutter aus der Wetterau für drei Wochen bei uns „zu Besuch".

Vater und Tante Berthas Mann „Onkel Erich" hatten beide den Weltkrieg unversehrt überlebt und wurden noch im Jahr 1945 kurz nach einander aus ihren Gefangenenlagern entlassen. Tante Bertha wurde sofort wieder schwanger. So bekamen Karli und die kleine Erna im Spätsommer 1946 noch ein kleines Schwesterchen. Karli und ich waren nach den Osterferien eingeschult worden, und ich hatte das zweifelhafte Vergnügen, nun von meinem Vater unterrichtet zu werden. Während

Anne, die noch zuerst von Mutter beschult worden war, den Unterricht bei unserem Vater genoss und sich als die bestens trainierte Verschweigerin perfekt darauf eingerichtet hatte, ihn nie merken zu lassen, was in ihr vorging, war ich vorwiegend damit beschäftigt, ihm den Krieg zu erklären und auch auszufechten. Heute bewundere ich ihn im Rückblick, mit welcher Geduld und Geschicklichkeit er es schließlich schaffte, mich so für die Unterrichtsinhalte zu begeistern, dass ich mich zu einem kleinen Streber fortentwickelte, indem ich ihm ständig zeigen wollte, dass ich schneller denken könne, als Vater selbst. Das misslang zwar oft, er ließ es mich aber selten merken. Karli setzte alles daran, von mir, seinem Freund, nicht zurückgesetzt zu werden. So hatte mein Vater in unserem Schuljahr gleich zwei wissbegierige kleine Kerlchen.

Die gleiche Wissbegierde legten wir auch außerhalb der Schule zu Tage. Wie das in dieser Nachkriegszeit so war, konnten wir uns ungehindert im ganzen Dorf bewegen und spielten bis zum Abendläuten mit den etwa gleichaltrigen Kindern auf der Straße, in den Wiesen am Dorfrand und am Bach, der hinter den Scheunen des Unterdorfes flink zum Wald hin unterwegs war. Jenseits der Brücke weidete immer einmal wieder für einige Tage die recht große Schafherde unserer Gemeinde. Der alte Schäfer Albrecht Scheuer hatte aus fast jedem Haus des Dorfes einige oder viele Schafe in der Herde zusammen, zwei gehörten meinen Eltern, vier gehörten den

Schmidts, Karlis Eltern, und sogar unser alter Pfarrer Habermann hatte drei Schafe in der Herde. Im Scherz meinte er oft, diese drei wären doch viel pflegeleichter als die „Schafe", die er als Hirte seiner Gemeinde zu hüten habe. Immerhin vier Dörfer mit insgesamt zwei Gotteshäusern.

Als Albrecht im Herbst 1946 sich wieder einmal mit seinen Schafen in Dorfnähe aufhielt, war gerade die Zeit gekommen, in denen der Schafbock wild damit beschäftigt war, so viele Mutterschafe zu decken, wie er in diesen Tagen als brünstig erkannte und zu fassen bekam. Karli und ich hatten gerade von der anderen Bachseite einen solchen Deckakt beobachtet. Natürlich wollten wir sofort wissen, was da geschehen war und welche Bewandtnis es damit hatte. Also rannten wir über die Brücke und rückten dem alten klugen Schäfer mit unseren Fragen auf die Pelle. Bedächtig setzte er sich auf einen dicken Basaltstein am Rand der Wiese, stützte sich auf den langen Stab seines Schäferschäufelchens und erklärte uns geduldig und - heute stelle ich fest: verblüffend kindgerecht - die körperlichen Unterschiede zwischen den Böcken und den Mutterschafen, die Notwendigkeit einer Befruchtung des mütterlichen Eies durch den väterlichen Samen, den Vorgang der Begattung und das daraus hoffentlich hervorgehende Wachstum des befruchteten Eies zum Lämmchen. „Dann wird der Bauch des Mutterschafes langsam immer dicker, weil innen drin das Lämmchen aus dem Ei heranwächst.

Wenn es dann geburtsreif ist, kommt es genau dort wieder aus dem Schaf heraus, wo der Bock seinen Samen hineingeschafft hat. Ach guckt, jetzt steigt er wieder auf ein noch ganz junges weibliches Schaf, das wird dann wohl im Frühjahr zum ersten Mal Mutter."

Von meinem Zimmerfenster aus hatte ich einen Einblick in den Hof des Bauern Theo Schwarz, unseres zweiten Nachbarn. Bereits mehrfach hatte ich beobachtet, wie dort der eine oder andere Bauer aus dem Dorf eine Kuh herbei brachte, Theo ein besonders starkes und wildes Rindvieh an einem Nasenring aus dem Stall führte, und dieses Ungeheuer dann prustend und schnaubend die herbeigebrachte Kuh bestieg. Da ich immer auf den Rücken der Tiere schaute, konnte ich mehr nicht erkennen. Als ich meine Eltern fragte, was da wohl passiere, antwortete mein Vater, Theo Schwarz betreibe den Faselstall des Dorfes, das diene der Zucht. Was ich mit dieser Antwort anfangen sollte, blieb mir verschlossen.

Jetzt war mir das plötzlich klar, auch da war ich schon mehrfach Augenzeuge von Deckakten geworden. Diesen Begriff hatte uns Albrecht beigebracht. Auf meine Frage, ob das eigentlich bei allen Tieren so sei, antwortete er: „Bei sehr vielen, zumindest aber bei allen Säugetieren. Ihr habt ja schon oft im Frühjahr gesehen, dass die Lämmchen bei der Mutter Milch nuckeln. Kälber saufen am Euter der Mutterkuh, Pferdefohlen tun das zum Beispiel genau so auch bei ihren Müttern, die man Stuten nennt, und so ist das praktisch eingerichtet. Erst werden die späteren Einzelbestandteile des Jungtieres beim Deckakt zusammen gefügt, dann wächst es im Bauch der Mutter, und schließlich kann die nach der Geburt ihm auch noch die ersten Monate als Nahrungsquelle dienen." „Meine Mama kann das aber auch." Karli strahlte vor Eifer, seine Erfahrung mitzuteilen. „Die kleine Gertraud nuckelt bei Mama an der Brust und ist dann so satt, dass sie gleich einschläft. Mama sagt, sie stillt die Kleine." „Richtig", antwortete Albrecht, „bei uns Menschen ist das auch so." Schnell hatte ich geschaltet. „Dann sind wir Menschen also auch Säugetiere?" „Richtig." Karli berichtete eifrig: „Ja, vor der Geburt unserer Gertraut war Mama auch ganz dick, da ist sicher die Kleine in ihrem Bauch drin gewesen." „Richtig." Albrecht war etwas einsilbig geworden. Heute denke ich, er musste schnell nachdenken, wie er mit unseren nächsten Fragen umgehen sollte. Die blieben auch nicht aus.

„Dann wächst das Baby auch von einem befruchteten Ei?" fragte ich. „Richtig." „Und Onkel Erich hat seinen Samen mit einem Deckakt in die Tante Berta hinein gemacht." „Das ist tatsächlich ganz ähnlich wie bei unseren Haustieren. Nur laufen wir Menschen ja auf zwei Beinen. Da geht das nicht ganz so, wie ihr das bei den Schafen gesehen habt." Und dann wuchs der alte Schäfer regelrecht über sich hinaus. Er beschrieb uns behutsam den menschlichen Geschlechtsverkehr. Wir erfuhren das als etwas Wunderbares zwischen Mann und Frau, die sich lieb haben. Und dass man da nicht von einem „Deckakt" spräche, sondern vom „Geschlechtsakt", meistens aber vom „Beischlaf", erklärte er uns auch. Karlis Einwand: „Da muss mein Papa aber doch wach gewesen sein." nahm er schmunzelnd auf und erklärte uns, die meisten Leute schämten sich, über den „Geschlechtsakt" zu sprechen, da hätte man diesen schönen Begriff „Beischlaf" erfunden, weil Mann und Frau ja dabei meistens zusammen im Bett seien und anschließend auch tatsächlich bei einander einschliefen. Und dann warnte er uns auch, dass wir wohl manchmal weniger schöne Begriffe hören würden, das sei halt so, weil sich die Leute schämten. Diese Scham sei aber eigentlich gut und ein ganz nützlicher Schutz.

Mit so viel neuem Wissen gingen wir beide nachdenklich zurück über den Bach, und da es bereits Zeit geworden war, auch jeder nach Hause. In den ersten Tagen bewahrten wir unsere neuen Kenntnisse wie ein Heiligtum zwischen uns. Wir empfanden jetzt plötzlich die von Albrecht beschriebene Scham überdeutlich selbst und verstanden sofort, was er gemeint hatte. Nach einigen Tagen begann unser Vater beim Abendessen eine ungewohnt feierliche Rede, in der er Anne und mir mitteilte, dass wir in einigen Monaten wohl ein Geschwisterchen bekommen sollten. Er war kaum mit seiner sichtlich mühselig formulierten Mitteilung fertig, da stand ich von meinem Stuhl auf, legte unserer Mutter meine Hand auf den Bauch und meinte „Da bekommst du jetzt bald einen richtig schön dicken Bauch, wenn das Kindchen darin wächst." Dann wendete ich mich zu meinem Vater und fragte ihn „War der Beischlaf schön? Bist du auch wirklich zärtlich zu Mama gewesen?" Unsere Eltern bekamen beide rote Köpfe und Anne vor Erstaunen über diese meine Bemerkungen ihren Mund nicht mehr zu.

Heute in der Rückschau erfasst mich eine große Hochachtung vor unseren Eltern, die in Windeseile über ihr erstes Gefühl der Peinlichkeit hinweggekommen waren, uns - Mutter mich und Vater Anne - auf ihren Schoß nahmen und nun ihrerseits erstens wissen wollten, woher meine überraschende Weisheit stamme, zweitens Anne recht geschickt auf meinen Wissensstand brachten und zudem klar und deutlich erkennen ließen, dass sowohl wir beide als auch unser werdendes Geschwisterchen echte Kinder ihrer zärtlichen Liebe seien.

Für Vater war dieser Abend sichtlich ein pädagogisches Aha-Erlebnis. Er wurde regelrecht zu einem Pionier der schulischen Sexualerziehung im Grundschulalter. Nach meiner Berichterstattung tat er sich mit dem alten Schäfer Albrecht Scheuer zusammen. Jährlich, wenn die Brunstwochen in dessen munterer Schafherde einsetzten, wanderte Vater mit seiner aus den vier Grundschuljahren zusammengesetzten ziemlich großen Zwergschulklasse zur Beobachtungsveranstaltung, die den Kindern anschaulich machte, was zwischen den Geschlechtern so alles abläuft. Mit geschickten Kreidezeichnungen an der Tafel wurde dann das Ganze so ausgeweitet, dass kein Kind aus unserem Dorf unaufgeklärt in die höheren Klassenstufen entlassen wurde. Wir lernten sogar, über unser Wissen Stillschweigen zu bewahren. Unser Vater hat immer mit außerordentlicher Hochachtung von der Weltklugheit und Herzensgüte unseres alten Schäfers gesprochen. Und ich bin, als dieser schließlich mit 98 Jahren verstorben war, mit meiner Frau aus unserem knapp 450 Kilometer entfernten Wohnort zu seiner Beerdigung gefahren.

Die allergrößte Leistung hat aber schließlich unsere Mutter erbracht. Bald nach unserem vertrauten Aufklärungsabend entschloss sie sich mit unserer Hebamme Paula Heller aus dem Nachbarort gemeinsam, uns beide wie unseren Vater bei der Geburt unseres Geschwisterchens dabei haben zu wollen. Wir wurden perfekt von den Erwachsenen darauf vorbereitet und erlebten tief beeindruckt, mit welcher Kraft und Tapferkeit Mutter dann unsere kleine Schwester Hiltrud zu Welt brachte. Dass wir bei der Geburt dabei sein durften, haben wir niemandem erzählt. Umso mehr aber, wie süß die kleine blonde Dame mit den blauen Äugelchen sei. Wir waren in jeder Hinsicht mächtig stolz, wohl auch ganz unbewusst auf das Vertrauen unserer Eltern.

Gymnasiasten

Als Anne nach dem vierten Schuljahr in das Lauterbacher Gymnasium wechselte, veränderte sich plötzlich ihre Sprache. Wir beide sind zweisprachig aufgewachsen, beherrschten von Anfang an das Hochdeutsche ebenso sicher wie die Wackersteiner Mundart, und das im fehlerfreien Wechsel. Wir Kinder miteinander redeten nur „Platt“, wie dort die Mundart fälschlich genannt wird. Auch mit der erwachsenen Dorfbevölkerung. Dabei ist das echte Plattdeutsche ja bekanntlich die niederdeutsche Sprache, die in meiner jetzigen langjährigen Heimat gerade mit großer Mühe am Leben gehalten wird, da sie sonst zu verschwinden droht. Mit unseren Eltern redeten wir ein leicht hessisch gefärbtes Hochdeutsch, das zumindest in Satzbau, Grammatik und Begrifflichkeit durchaus korrekt war. Anne begann aber nun, mit großem Ehrgeiz den hessischen Akzent zu bekämpfen. Das klang manchmal recht witzig und gestelzt, und die Kinder, die bei unserem zweiten Lehrer, Herrn Buchholz aus Lauterbach, in der oberen Wackersteiner Klasse aus den Schuljahren fünf bis acht unterrichtet wurden, machten sich manchmal darüber lustig. Anne, die Meisterin der Anpassung an die Erwartungen anderer Menschen, entwickelte daraufhin in wenigen Wochen eine verblüffende Dreisprachigkeit. Das ist mir nie gelungen. Selbst nach mehr als fünfzig Jahren Norddeutschland kann ich meine hessische Herkunft nicht ganz verleugnen.

Während aus der Klasse über Anne zwei und der Klasse zwischen uns sogar drei Kinder nach Lauterbach in fortbildende Schulen gingen, war sie in ihrem Alter die Einzige. Wir waren dann auch wieder drei. Karl, der sein „i" am Ende seines Namens nicht mehr haben wollte, und ich kamen ins Gymnasium und Elfriede Bauer aus dem Nachbarhof in die Mittelschule. In den ersten Jahren war unser Schulgebäude für die große Schülerzahl viel zu klein. Der Not gehorchend war vorerst Schichtunterricht eingerichtet worden. Eine Woche Frühschicht, eine Woche Nachmittagsschicht. Allen Schülern fiel dieser Wechsel sehr schwer. Mit der Zeit wurden zusätzlich andere Lösungen gesucht. Je größer die Schülerzahl wurde, desto mehr Zusatzräume mussten gefunden werden. So wurden neben dem schlecht geheizten Konfirmandensaal hinter der Evangelischen Kirche auch noch Räume der benachbarten Landwirtschaftsschule und der Gemeindesaal der Katholischen Kirche zum Unterricht genutzt. Dann begannen 1954 die Arbeiten an den geplanten Neubauten.

Anders als Karl ging ich sehr gerne zur Schule, trotz aller Umständlichkeiten. Als typischem Frühaufsteher machte es mir gar nichts aus, an den Schultagen mit Morgenunterricht bereits um kurz nach sechs in den Lilienbus zu steigen und im Aufenthaltsraum der Schule bis zum Unterrichtsbeginn noch Schularbeiten zu machen oder Klassenkameraden bei den Ihren zu helfen. Karl als typische Nachteule hatte es in diesen Wochen schwerer.

Immerhin hielten wir beide einen befriedigenden Notenschnitt, keiner von uns blieb jemals sitzen. Nach meinem Stimmbruch wurde ich von unserem Musiklehrer in den Schulchor verdonnert, freiwillig trat ich dem dörflichen Männergesangverein bei. Die Mitgliedschaft im Gesangverein hatte zur Folge, dass ich nun in jeder Hinsicht ein vollwertiges Mitglied der Dorfgemeinschaft geworden war.

1954 feierte unser Gesangverein ein Jubiläum und veranstaltete ein großes Sängerfest. Mir als Fünfzehnjährigem wurde die Ehre zuteil, von der Empore des großen Saales unserer Kneipe aus die Chöre plangerecht zum ihrem jeweiligen Auftritt auf die gegenüberliegende Bühne zu manövrieren und über die beiden Veranstaltungstage hin den Moderator zu spielen. Es ist mir zu meiner eigenen Verwunderung tatsächlich gelungen, die versammelten Sänger per Mikrofon und Lautsprecher mit unterhaltsamen Sprüchen bei bester Laune zu halten. So hatte ich meine Rolle gefunden und genoss im Verein eine gewisse Narrenfreiheit. Unsere Eltern waren dessen durchaus zufrieden, denn früher hatte mein Vater oft diese Aufgabe als „Ansager" bei dörflichen Veranstaltungen übernehmen müssen.

In den Schulferien durfte ich bereits seit 1951 zu unseren Großeltern in die Wetterau. Mutters Vater Wilhelm Müller und ihr Bruder Heiner betrieben eine stets gut ausgelastete Schreinerei. Großvater hatte Freude daran, mir eine Menge Fertigkeiten seines schönen Handwerks beizubringen. So konnten die beiden Meister mich bald sowohl in der Werkstatt als auch auf Baustellen als nützlichen Gehilfen einsetzen. Onkel Heiner ließ sich nicht lumpen und entließ mich jedes Mal mit einem für meine Verhältnisse ansehnlichen Geldbetrag in der Tasche nach Hause. Mutter richtete mir im wöchentlich im Dorf haltenden „Volksbankauto" ein Sparkonto ein und sorgte so dafür, dass für mein geplantes Studium ein ordentliches Grundkapital zusammen kam.

Karl trat in die freiwillige Feuerwehr ein. Ganz allmählich hatten sich unsere Interessen etwas voneinander zu unterscheiden begonnen. Gegen Ende des Schuljahres 1955/56 hatte er dann plötzlich in Lauterbach eine Freundin, ein Mädchen aus der Klasse unter der Unseren. Diese Geschichtete endete aber ganz abrupt, Bärbel beendete sie wenige Tage vor Beginn der Ferien. Da konnte er meine Freundschaft doch wieder gut gebrauchen, ich hätte ihn auch mit seinem Kummer nicht alleine lassen wollen. Vater behielt wieder einmal Recht: alles kommt wieder.

Der erste Klassenbau des Gymnasiums konnte dann tatsächlich schon 1956 in Betrieb genommen werden. Zwei ganze Schuljahre lang genoss ich mit Karl, wie auch mit unseren Mitschülerinnen und Mitschülern aus je zwei parallelen Klassen, die räumliche Entspannung und das schließlich tatsächlich endgültige Ende des Schichtunterrichtes. Dann kam unser Abitur. Damit das Lauerbacher Gymnasium nicht ganz ohne ein Kind der

Lehrersfamilie Hahn aus Wackerstein auskommen musste, begann schon ein Jahr vor meinem Abitur nach den Osterferien die Gymnasialzeit unseres blonden Familienkükens Hiltrud.

Lehr- und Studienjahre

Anne, die bereits zwei Jahre zuvor ein gutes Abitur abgeleistet hatte, war da schon mit ihrem zweiten Ausbildungsjahr fast zu Ende und an ihrem zweiten Ausbildungsort. Dass das so gekommen war, hatte eine recht merkwürdige Geschichte. Schon einige Monate vor dem Abitur hatte sie endgültig entschieden, sich im Hotelfach ausbilden zu lassen. Sie hatte sich ab und an in den Ferien in einem gediegenen Hotel in Lauterbach einige Mark verdient, erst als Küchenhilfe, dann als Zimmermädchen und zuletzt sogar als Servicekraft. Das machte ihr so viel Freude, dass sie nun unbedingt diesen Beruf ergreifen wollte.

Mutter erinnerte sich, dass es in ihrer Verwandtschaft eine Hotelbesitzersfamilie gab. Dieses Ehepaar Linnemann betrieb in der Universitätsstadt Göttingen eines der besten Häuser, hübsch über der Stadt gelegen mit traumhaftem Ausblick über die halbe Stadt und in das Tal der Leine, und das aus jedem Gästezimmer. Eva Linnemann war Mutters Cousine. Unter Mithilfe unserer Wetterauer Großmutter war bald der Kontakt hergestellt und Anne tatsächlich ab erstem Mai als Lehrling angenommen. In der ersten Zeit berichtete sie in ihren wöchentlichen Briefen begeistert von ihrer Arbeit und erzählte, dass sich mit der Auszubildenden aus dem dritten, also letzten Lehrjahr, der fröhlichen Laura Abt, eine schöne Freundschaft entwickelt habe. Lauras Eltern betrieben im Südschwarzwald ein großes Hotel, und ihre

Tochter wolle nun im nächsten Jahr in die Leitung dieses Hauses mit einsteigen. Auch von anderen Kontakten in Göttingen berichtete sie. So war sie bereits einmal zusammen mit Laura und einigen anderen Bekannten als Begleit-Dame für die Herren einer benachbarten Burschenschaft zu einem Semesterball eingeladen worden, was eine schöne Abwechslung gewesen sei. Außerdem habe Tante Eva organisiert, dass sie einmal in der Woche im Stadtbad zum Frühschwimmen gehe. Richtig Schwimmen habe sie in der dortigen Schwimmgruppe bereits gelernt.

Mit der Zeit kamen die Briefe seltener, da fehlte wohl die Zeit. Im Januar hatte sie dann einen Kurzurlaub und kam nach Hause. Zum ersten Mal war ihre Begeisterung für die verwandten Chefs erheblich gedämpfter. Während sie mit Onkel Günther bisher wenig zu tun hätte, das Kaufmännische käme später, würde das Verhältnis zu Tante Eva immer schwieriger. Die sei inzwischen viel strenger und ungeduldiger als zu Anfang, auch die beiden anderen Lehrlinge litten unter dieser Veränderung. Laura habe gemeint, die Chefin sei nun in den Wechseljahren. So war bei uns niemand übermäßig verwundert, als Anne wenige Wochen vor Ostern in einem ungewöhnlich verzweifelten Brief mitteilte, sie habe ihr laufendes Ausbildungsverhältnis zu Ende April aufgelöst, werde mit Laura in den Schwarzwald ziehen und dort beim Ehepaar Abt ihre Ausbildung weiterführen. Abts hätten ihr sogar das Angebot gemacht, sie bei Eignung nach ihrer Abschlussprüfung zu übernehmen, der Betrieb sei ständig am Wachsen. Sie sei mit Laura bereits in ihrer beider zweitem Kurzurlaub zwischen dem 11. und 15. März zu ihrer Vorstellung nach dort gefahren. Als Unternehmerstochter besaß Laura ein eigenes Auto.

Am 29. April machten die beiden jungen Damen dann in Wackerstein Station, übernachteten in unserem Gästezimmer und fuhren schließlich am nächsten Morgen weiter gen Süden. Beide waren auffällig niedergeschlagen und hatten kein gutes Wort mehr für die letzte Zeit in Göttingen. Besonders Anne wirkte richtig mitgenommen und auch ungewöhnlich verschlossen. Eben die Meisterin des Verschweigens. So waren wir alle froh, dass ihre Zukunft nun im Schwarzwald lag. Bereits ihr erster Brief aus dem Süden strömte wieder Zuversicht aus. Jetzt waren Mutter und Vater wieder etwas gelassener, was ihre Älteste anbetraf.

Im folgenden Jahr hatte nicht nur ich durch die Abiturvorbereitungen allerhand Anspannung sondern auch unsere Eltern. Die Ursache war eine plötzliche Herzattacke bei meinem Vater. Ausgerechnet zwei Tage vor den Sommerferien hatte er mit Atemnot und Brustenge Beschwerden, die meine Mutter veranlassten, ihn nach Lauterbach zu einem Internisten zu bringen, mit dem Vater durch die gemeinsame Mitgliedschaft in der Synode des Evangelischen Dekanats recht vertraut war. Der wies ihn sofort ins Krankenhaus ein. Die angina pectoris erwies sich als glücklicherweise frühes

Anzeichen für eine Herzschwäche, die auch bis zu einem schweren Infarkt hätte unbemerkt bleiben können. Das Herz ist zuweilen ein recht hinterlistiges Organ, das seine Schäden lange unbemerkt halten kann. Bei Vater war es zum Glück anders. Um ein Fortschreiten der Schwächung zu verhindern und wieder eine fast normale Herztätigkeit herzustellen, wurde er dann für längere Zeit arbeitsunfähig geschrieben und schließlich in ein Fachsanatorium und auch in eine längere Kur geschickt. Für Mutter war das alles mit reichlich Aufregung und Zeitaufwand verbunden. Auch die Unterrichtsvertretung wurde ihr wieder aufgetragen. Ich konnte sie wenigstens bei der Beaufsichtigung unserer Jüngsten während der Schulaufgaben und auch ein wenig bei schwereren Tätigkeiten unterstützen.

Hiltrud selbst wuchs regelrecht über sich hinaus, übernahm die Versorgung unserer Hühnerschar und kümmerte sich verblüffend kompetent um unseren großen Garten. Ich erledigte dabei die groben Arbeiten. Erst Ende November war allmählich wieder Normalität eingekehrt und Vater wieder zu Hause. Er bekam mitgeteilt, dass er nach den Weihnachtsferien wieder unterrichten dürfe. Da war es für ihn eine große Freude, dass sich Anne nach so langer Pause für das zweite Adventswochenende zu einem Besuch ankündigte, wir hatten sie seit Monaten nicht gesehen und nur brieflich oder ab und an per Telefon mit ihr Kontakt gehabt. Sie selbst schien auch zuvor kein Bedürfnis gehabt zu haben, uns zu besuchen. Ihre Ausbildung im Hotel Abt war doch trotz aller von ihr mitgeteilten Befriedigung nicht ganz stressfrei. Es war eben ein großes Haus.

Als sie fast vor unserer Haustür aus dem Linienbus stieg, nur mit einem Köfferchen als Reisegepäck, hätte ich sie zuerst fast nicht erkannt. Ihr fehlte die Sonnenbräune, die sie zu Hause immer ausgezeichnet hatte. Sie war auch nicht mehr ganz so gertenschlank wie früher, wirkte aber kräftig und gesund. Eben halt fraulicher, sie war ja kein Kind mehr. „Donnerwetter, Hartmut, gut sieht deine Schwester Anne aus." gab dann auch später unser Nachbar Hermann Bauer sein Urteil ab, als ich drüben eine Kanne Milch holen kam. Seine Frau drohte ihm daraufhin scherzhaft mit der Schöpfkelle.

Meine Entscheidung, wohin mich ein Studium führen könne, fiel erst wenige Wochen vor dem Abitur, so musste ich mich sputen, noch einen Studienplatz und eine Wohnung zu finden. Das ging aber leichter als gedacht. Ich hatte in Großvaters Schreinerei begriffen, dass ich Berufschullehrer werden solle, und zwar für angehende Schreiner, dies mit einem zweiten Fach technische Mathematik. Die damals einzigen in Frage kommenden Technischen Hochschulen gab es in Berlin, Darmstadt und Hannover. Während in Darmstadt kein Ankommen mehr möglich war, nahmen mich die Hannoveraner problemlos an. Das hatte den großen Vorteil, dass ich bei der Familie von Vaters älterem Bruder Walter, der im VW-Transporterwerk als Ingenieur arbeitete, eine

Wohnmöglichkeit fand. Dort gab es im Haus eine kleine abgetrennte Wohnung aus zwei Dachstuben, einer kleinen Küche sowie einer Toilette mit Waschbecken. Im einen Raum standen ein bequemes Doppelbett, ein breiter Schrank und eine passende Kommode mit eigentlich überflüssiger Waschschüssel und großem Krug. Im anderen ein alter, aber solider Schreibtisch, eine Couch mit Tisch, zwei betagte, aber äußerst bequeme Sesselchen und einen Telefonanschluss. In beiden Zimmern gab es hervorragend heizende „Kanonenöfen". Da die beiden anderen Stockwerke ebenfalls jeweils mit Korridortüren geschlossene vollständige Wohnungen enthielten, war das geradezu ideal für einen Studenten. Zudem war die Höhe der Miete gut zu verkraften. Unten wohnten Onkel Walters Schwiegereltern, in der Mitte die Hahns selbst, deren beide Töchter schon verheiratet und außer Haus gezogen waren, und nun oben ich, wo bis vor wenigen Wochen noch meine Cousine Ruth mit ihrem Mann und der kleinen Tochter gewohnt hatte.

Beide Ehepaare im Haus waren sehr nett und gastfreundlich. Sonntags lud mich Tante Irmela Hahn sogar manchmal zum Mittagessen ein. Da die Mensa der Hochschule wochenends geschlossen blieb, war das ein schöner Luxus. Außer den täglichen Kontakten mit den Kommilitonen in der Fachschaft suchte ich nach Möglichkeiten, meine Freizeit mit jungen Menschen zu verbringen. Onkel Walter riet mir, in den „Jungen Chor" der Kirchengemeinde einzutreten. Da hatten meine beiden Cousinen schon gesungen und sich sehr wohlgefühlt. Bereits der erste Abend im Kreis dieser fröhlichen Truppe mit dem prächtigen Kantor Hans-Gerd Astorius als Chorleiter gefiel mir so gut, dass ich zum festen Mitglied der Bassstimme dieses Ensembles wurde. Wir sangen nicht nur gemeinsam, sondern waren auch oft alle zusammen oder in kleineren Gruppen in unserer Freizeit unterwegs.

Mit einem Mitstudenten aus unserer Semesterstufe hatte ich mich bald auch angefreundet. Jochen Zimmermann war wie ich weiter südlich zu Hause, was man uns Beiden an der Sprache immer deutlich anmerkte. Seine Eltern wohnten in einem kleinen Dorf in Rheinhessen, wenige Kilometer südwestlich von Mainz. Sein Vater war auch Dorfschullehrer. Seine Mutter stammte aus einem Weingut nahe Alzey und fuhr oft nach dort, um ihre Eltern und ihren Bruder mit seiner Familie ein wenig zu entlasten. Jochens Vater war in Mainz kein Unbekannter. Als Mitglied des Gonsenheimer Carneval Vereins hielt er jährlich seine perfekt gereimten hochpolitischen Büttenreden und wurde sogar von anderen Vereinen zu Radio- und, ganz neu, auch Fernsehauftritten ausgeborgt. Jochen war ebenfalls ein Meister flotter Sprüche. Der Apfel fällt eben nicht weit vom Baum.

Im Chor dauerte es schon fast zwei Jahre, bis sich eine kleine Clique herausbildete, in der ich mich heimisch fühlte, und mit der zusammen ich recht viel Zeit verbrachte. Das waren drei Mädels aus der Altstimme, Edda, Kirsten und Karin. Edda Jensen war eine typische ostfriesische Schöne, groß, blond und nicht besonders redselig. Sie arbeitete schon lang bei VW in der Verwaltung, ich schätzte, sie sei etwa drei Jahre älter als ich. Kirsten war trotz ihres norddeutschen Nachnamens Reinders eher von südländischem, durchaus attraktivem Aussehen. Ihre schwarzen Haare waren in ihrer Fülle wohl nicht leicht zu bändigen, ihre Augen waren tiefbraun, fast schwarz. Sie war sicher zwei Jahre jünger als ich. Karin Wilken war wohl die Jüngste. Sie war auch die Kleinste, ein wenig pummelig, hatte wilde brünette Locken, graue Augen und war ständig am Lachen. Ebenso unterschiedlich waren wir jungen Männer. Wolfgang Hohn strahlte eine gewisse Würde aus. Er war unser Ältester und bereits Rechtsreferendar in einem Amtsgericht, hatte extrem gepflegtes kurzes Blondhaar und brachte es manchmal fertig, einen ganzen Abend lang kein Wort zu äußern. Hatte er aber einige Biere oder Gläser Wein intus, taute er zu einem unterhaltsamen Gesellschafter auf, der mit seinen trockenen Sprüchen eine ganze Party zu unterhalten vermochte. Siegfried Lau dagegen hatte ständig etwas zu erzählen, unverdrossen Ideen, was wir noch unternehmen könnten und eine gedrungene Statur. Obwohl er ein Jahr jünger als ich war, lichtete sich sein dunkelblondes Haar schon ganz erheblich. Ich war als Landei mit meinen Arbeit gewohnten Händen und breiten Schultern der komplette Gegenentwurf zu den beiden anderen. Gerade die große

Verschiedenheit brachte uns Sechs letztlich immer wieder zusammen.

Engere Beziehungen entwickelten wir aber nicht miteinander. Es fiel mir nur manchmal auf, dass bei Tanzveranstaltungen Wolfgang vorwiegend mit Edda, Siegfried, den wir Siggi nannten, mit der fröhlichen Karin und ich mit Kirsten auf der Tanzfläche waren. Das passte schon von der Körpergröße, auch vom Alter und vom Temperament. Insgeheim gestand ich mir auch allmählich ein, dass ich begonnen hatte, mich in diese rassige Kirsten heftig zu verlieben. Um unseren Haufen nicht zu sprengen, ließ ich mir vorerst nichts anmerken. Ich konnte mir aber nicht verkneifen, mich im Chor allmählich stets so zu stellen, dass ich Kirsten direkt vor mit stehen hatte. Ich genoss die leichte Erregung, die der Duft ihrer Haare jedes Mal in mir hervor lockte.

Anne hatte inzwischen mit Bestnoten ihre Gehilfenprüfung bestanden und war tatsächlich von Abts übernommen worden. Da Laura Abt geheiratet hatte und inzwischen schwanger sowie stark mit ihrer Vorbereitung für die Meisterprüfung beschäftigt war, musste sie schnell eine Menge Mitverantwortung übernehmen und genoss das Vertrauen von Lauras Eltern. Ihre seltenen Briefe zeigten jetzt immer eine große Zufriedenheit. Sie schrieb, dass sie nun eine Zusatzausbildung zur Wirtschafterin anfangen werde, um möglicherweise in einem der Zweigbetriebe der Familie Abt vollverantwortlich die Hausleitung übernehmen zu können. Laura und ihr Mann, der wohl ein Spitzenkoch war, hatten inzwischen die Leitung des großen Landhotels übertragen bekommen.

Das Hexenhaus

Im Wintersemester 1963/64 waren zuerst meine Examina in den technischen Fächern und nach einer Pause von fast zwei Monaten die in den pädagogischen Fächern zu überstehen. Leider gibt es diese Studiengänge schon lange nicht mehr in dieser Gestalt. Zum Jahreswechsel hatten wir bereits unsere Technik-Noten von der Prüfungskommission erhalten und sahen nun alle recht entspannt den restlichen Terminen entgegen. Jochen und ich beschlossen, einige Tage Auszeit einzuplanen und einmal richtig in die Mainzer Fastnacht einzutauchen. Mit Jochen als Fachmann dürfte das eine gute Sache werden. Er meldete uns also bei seinen Eltern an und teilte mir mit, ich sei als Gast hochwillkommen. Als ich Onkel Walter und Tante Irmela von unserem Plan berichtete, strahlte mein Onkel plötzlich und meinte: „Als ob wir uns verabredet hätten! Ihr müsstet mir zwei Bullis in eine Ortschaft nahe Mainz überführen. Dann braucht ihr nur eine Fahrkarte für die Rückreise. Im Dorf Egelsbach hat sich eine kleine Firma aufgetan, die versuchen will, Transporter so aus- und umzubauen, dass man darin wohnen und schlafen kann. Wir haben das mit einer Firma in Wiedenbrück im Gange, doch wird das Modell wohl recht teuer. Die Egelsbacher wollen für einen kleinen Preis Module für den Selbstausbau entwickeln, das imponiert uns sehr."

Das Angebot machte uns sehr vergnügt. Jochen und ich hatten geplant, am neunundzwanzigsten Januar zu fahren, dann am ersten Februar am Gonsenheimer Fastnachtsball teilzunehmen, eine Prunksitzung zu erleben, wenn wir noch Karten ergattern könnten, und dann genüsslich den Rosenmontagszug zu begleiten. Am vierzehnten Februar wollten wir dann wieder zurück nach Hannover reisen. Die Firma in Egelsbach war mehr als zufrieden mit dem Neunundzwanzigsten als Liefertag. Jochens jüngerer Bruder Ulrich, genannt Uli, der in Rüsselsheim bei Opel arbeitete, würde uns dann in Egelsbach abholen und mit nach Hause nehmen. „Auch wenn ihr für die Konkurrenz herum kutschiert."

Jochens Eltern waren nette Gastgeber, wenn auch die Fastnachtskampagne die ganze Familie heftig in Anspannung hielt. Alle waren irgendwie eingespannt. Zur vorgesehenen Teilnahme am Ball hatte uns Jochens Mutter lustige Kostüme besorgt. Wir waren als Bankräuber maskiert und trugen bis unter die Nase schwarze Dreieckstücher. Zum Essen und Trinken wurden die elegant hochgeklappt. Ich hatte dergleichen noch nie gesehen und fand die ganze Sache recht amüsant. Jochen hatte mich darauf vorbereitet, dass dieser Ball eine Besonderheit aufwies. Teilnehmer waren fast keine Paare. Zumeist rückten kleine Trüppchen an. Mal drei junge Männer gemeinsam, mal fünf Mädchen gemeinsam, immer ganz unterschiedlich. Zum Tanz suchte man sich dann nach Lust und Laune immer wieder neue Partnerinnen, alles ganz unverbindlich, Hauptsache Spaß.

Die erste Stunde verging wie im Flug. Die Tanzkapelle spielte abwechslungsreich, die Mädels konnten alle recht ordentlich tanzen. Und der Geräuschpegel verhinderte allzu intensive Gespräche. Dann erwischte ich eine Tänzerin mit hochgesteckten schwarzen Haaren in einem historischen Kostüm und mit einer blauen Augenmaske, was alles stark an die typischen Verkleidungen in der Operette „Die Fledermaus" erinnerte. Sie war mir schon zuvor aufgefallen, weil sie mit einer unvergleichlichen Biegsamkeit und tollem Musikgefühl getanzt hatte. Kaum hatte ich sie im Arm und begann mit den ersten Drehungen, blieb mir fast das Herz stehen. Diesen einmaligen Duft kannte ich. Den ganzen Tanz über vergewisserte ich mich, dass ich wirklich keinem Irrtum erlag. Aber auch ihre Art zu tanzen war mir vertraut. Zum Glück gab sie sich ganz dem Rhythmus hin ohne ein Wort zu sagen. Als die Musik schwieg, flüsterte ich: „Kirsten, liebste Kirsten.", klappte mein Tuch hoch und küsste sie, wie ich mir das immer insgeheim vorgestellt hatte. Sie erwiderte meinen Kuss so innig, als ob sie nur darauf gewartet hätte. Dann fasste sie meine Hand und zog mich von der Tanzfläche in eine Ecke des Vorraumes. Und dort versanken wir für einige Minuten völlig in unserer Umarmung und küssten uns atemlos.

Wir hatten die Masken abgestreift, wieder Aufsetzen hätte keinen Sinn gemacht, wir würden uns an diesem Abend noch sehr oft küssen, das war sicher. „Komm, wir setzen uns an unseren Tisch, wir haben viel Platz. Und dann erzählst du mir, wie du hierher kommst." Das wollte ich nun doch zu gerne wissen. Unser Tisch war völlig leergefegt. Jochen und die drei anderen Jungs aus seinem Heimatdorf, mit denen wir hierhergekommen waren, waren irgendwo im Gewühl auf der Tanzfläche verschwunden. Kirsten küsste mich noch einmal und meinte dann: „Zuerst sag´ du mir mal, wie du hierher kommst." Ich berichtete kurz von Jochens Idee für eine Auszeit, unserer Bulli-Überführung und unseren bisherigen Plänen für die tollen Tage. Kirsten lachte. „Zufälle gibt´s! Ich war seit Jahren nicht mehr hier in der tollen Zeit. Als Kind bin ich in jedem Jahr mindestens insgesamt sechs Wochen, meistens mehr, bei meinen Großeltern und nach dem Tod meines Großvaters bei meiner Großmutter gewesen. Früher mit meinen älteren Schwestern, zuletzt öfter allein. Ich bin ja die Jüngste. Meine Mutter ist hier am Rand von Gonsenheim aufgewachsen. Sie ist ein echtes ‚Mänzer Mädche', aber irgendwann früher sind mal irgendwelche Vorfahren aus Südtirol eingewandert. Daher sind wir Schwestern alle wie Mutter so schwarzhaarig, obwohl unser Vater eher dunkelblond ist. Er ist ein echter Friese aus Jever, wo ich aufgewachsen bin." Überrascht bemerkte ich, dass wir während der zahlreichen Stunden, die wir in unserer Clique gemeinsam verbracht hatten, nie von unseren Familien gesprochen hatten.

„Du hast ältere Schwestern?" „Ja, vier. Großvater sagte immer, bei euch war der Wunsch zum Sohn der Vater vieler Töchter." Während wir uns noch über diesen Spruch amüsierten, kam plötzlich Jochen von der Tanzfläche herüber, den Arm fest um die Hüfte eines strahlenden bildhübschen blonden Funkenmariechens. Ihre lange Mähne war zu einem Pferdeschwanz zusammengefasst, der durch eine Schlaufe rückseits aus dem kecken Uniformbarett heraus wirbelte, das wiederum mit einem breiten Band unter dem Kinn hindurch fest auf ihrem Kopf saß. „Nee, das ist ja unglaublich. Die singende Kirsten aus Hannover, nach der sich mein lieber Hartmut insgeheim so sehr gesehnt hat. Bist du uns denn hinterhergefahren?" Kirsten schüttelte lachend den Kopf.

„Ach so, ja", wurde er dann fast förmlich, „das hier ist die Kirsten aus meinem Heimatdorf. Wir haben gerade entdeckt, dass wir uns immer noch so gut verstehen wie vor vier Jahren. Damals dachten wir, aus den Augen, aus dem Sinn. Die Entfernung hat aber unsere Liebe nur noch gefüttert. Jetzt bleibt es dabei, wir schmeißen uns zusammen." „Danke, gleichfalls!", lachte ich und küsste einmal wieder meine Kirsten, dafür war es längst wieder höchste Zeit. Während die Beiden gegenüber ihren Bedarf gleichfalls abdeckten, flüsterte mein Schatz mir ins Ohr: „Wir brechen gleich auf, sag dem Jochen, dass du heute Nacht nicht zu ihm nach Hause kommst." Vermeintlich diplomatisch verkündete ich also, Kirsten und ich wollten die Nacht durchmachen, ich käme nicht mit ins Dorf. „Ja, Klasse. Schatz, wir haben sturmfreie

Bude. Komm, lass uns zu mir heimfahren. Ohne dich geh ich nicht heim, ohne dich schlaf ich nicht ein. Lasst euch nicht aufhalten." Wir mussten dann aber doch noch warten, bis seine blonde Kirsten ihren fabelhaften Auftritt mit ihrer Truppe auf der Bühne erledigt hatte, der uns auch den Sinn der Befestigung des Baretts zeigte. Danach verschwanden beide Kirstens mit ihren Kerlen in Windeseile von der Veranstaltung.

Es hatte schon eine ganze Weile aufgehört zu regnen. Einige Wolken jagten über den Nachthimmel, aber immer häufiger beleuchtete der fast noch volle Mond die nassen Straßen. Sehr kalt war es nicht. „Wir können zu Fuß gehen. Dann geht der Mief aus den Klamotten, und es ist auch nicht weit, etwa ein Viertelstündchen." Wegen längerer Kusspausen wurde es dann aber doch fast eine halbe Stunde.

Wir verließen schließlich die alte Dorfstraße und gingen einige Takte in einen Wald, dann führte mich Kirsten in einen schmalen Seitenweg, und nach etwa 150 Metern erreichten wir eine fast runde Lichtung mit einem kleinen Fachwerkhaus, das im fahlen Mondlicht wie ein Hexenhäuschen wirkte. An der Hausecke stand ein mausgrauer VW-Käfer „Standard" mit Hannoverschem Kennzeichen. Meine Hexe zog nun an einer Halskette einen Schlüssel zu Tage und öffnete die alte schwere Holztür. Zur Rechten des schmalen Hausflures sah ich eine Küche, sanft erleuchtet durch das Mondlicht. Dahinter mochte Platz für ein weiteres Zimmer sein. Zur

Linken erkannte ich ein kleines Badezimmer. Hinter diesem durch eine ebenfalls halb offene Tür ein riesiges altertümliches Bett. Nachdem wir die Mäntel abgelegt hatten, löste Kirsten ihre aufgesteckten Haare, die ihr nun bis fast zu den Hüften reichten, zog mir mit plötzlicher Ungeduld meine Weste über die Schultern herunter und forderte: „Zieh mich aus." Und über alles, was dann kam, breite ich besser ehrfurchtvolles Schweigen.

Als ich am Morgen wach wurde, war ich verwundert, dass ich nicht fror. Es herrschte eine mollige, wundersame Wärme in dem kleinen Schlafzimmer mit dem großen Bett. Wir hatten uns beide frei gestrampelt. So konnte ich ungehindert die Schönheit meines Mädchens bewundern, die ich mir immer nur hatte vorstellen können und nun in vollen Zügen genoss. Plötzlich schlug sie die Augen auf und erwiderte meinen Blick. Ich erkannte tiefes Glück in ihren Augen und war selbst vor Glück wie betrunken. Dann streichelte sie mich behutsam und sagte versonnen: „Nun haben wir uns beide keine Gedanken über Verhütung gemacht. Ist das für dich ein Problem?" „Nein, denn ich will dich gerne heiraten, und wenn du willst, so bald als möglich." „Dann komm her, du Beihnah-Ehemann und Vater meiner Kinder." Lachend fielen wir noch einmal übereinander her.

Später holte Kirsten zwei betagte, aber durchaus edle Morgenmäntel aus dem alten Kleiderschrank. Die hatten ihren Großeltern gehört und passten uns perfekt. Dann saßen wir in der gemütlichen Küche an einem kleinen Tisch, tranken einen kräftigen Kaffee, den Kirsten zubereitet hatte, und stillten unseren Hunger mit einigen Marmelade-Toasts.

Anschließend nutzten wir gemeinsam die Dusche, zu deren Benutzung wir in die große Badewanne steigen mussten. Es wurde eine recht alberne Veranstaltung. Während wir uns dann straßenfein ankleideten, viel Auswahl hatte ich ja nicht, fragte Kirsten mich, ob ich ihr nicht auch noch von meiner Herkunft Einiges berichten wolle. Wir kuschelten uns auf dem alten Sofa im Zimmer hinter der Küche zusammen, und ich berichtete ihr von meinem Heimatdorf, meinen Eltern und meinen Schwestern. Dann beschlossen wir, zuerst einmal zu Jochen nach Hause zu fahren, meine Sachen wegzuholen und seinen Eltern noch einmal Dank zu sagen für die Gastfreundschaft.

Kirsten kannte Wege, die uns außerhalb der Stadt bleiben ließen. Im Vorbeifahren zeigte sie mir die Großbaustelle der Autobahn, die als Verlängerung der Schiersteiner Rheinbrücke die Verbindung zwischen den älteren Autobahnnetzen rechts und links des Rheins werden sollte. Dann ging es hinaus in die rheinhessische Hügellandschaft, und im Handumdrehen landeten wir am Haus der Zimmermanns. Dort herrschte vollständige Stille. Hoffentlich war jemand zu Hause, ich hatte ja keinen Schlüssel. Aber noch bevor ich klingeln konnte, öffnete sich leise die Haustür. Jochen im Trainingsanzug winkte uns herein und bedeutete uns, ganz leise zu sein. „Die Eltern sind lange nach uns heimgekommen, die schlafen noch. Und Uli ist mit seiner Brigitte nach Hause, das passiert wohl seit einiger Zeit dauernd." Er grinste. „Kommt mit in die Küche, wir frühstücken noch." Die blonde Kirsten hatte sichtlich Jochens zweiten Trainingsanzug an, völlig identisch mit seinem, und deshalb erheblich zu groß. Mit ihren offenen langen Haaren sah sie aus wie Rapunzel. Etwas verlegen meinte sie: „Jetzt gibt es kein Zurück mehr. Kein Gedanke an Verhütung." Und dann mit einem verliebten Blick zu Jochen: „Aber wir wollten das ja auch so." Meine Kirsten nahm sie in den Arm und tröstete sie: „Uns geht's genauso."

In diesem Moment betrat Jochens Mutter die Küche. „Was geht euch Mädels wie?" „Naja", antwortete Jochen für die Beiden, „Schlimmstenfalls kommen beide in neun Monaten nieder und du wirst zum ersten Mal Oma." Die fröhliche, übrigens trotz einer gewissen Leibesfülle äußerst attraktive Mutter Zimmermann fing schallend an zu lachen. „Das werde ich schon erheblich früher, Brigitte ist schon im dritten Monat, da wird in Kürze geheiratet." „Jetzt hast du uns verpetzt." erklang da Ulis Stimme aus dem Flur. Nun lernten wir auch noch die schwangere Brigitte kennen, eine kerngesund wirkende junge Frau in einem stramm sitzenden Dirndl, das ihre ansehnlichen Proportionen hervorragend zur Geltung brachte. Kaum saßen alle um den großen Küchentisch, kam nun auch als Letzter Jochens Vater. Er schaute von der Küchentür aus einen Augenblick versonnen in die Runde. Dann seufzte er: „Vor so viel schöner Weiblichkeit kann ich nur brav noch schweigen. Oh, glaubt es mir, ich liebe euch und euren edlen Reigen." Den Büttenredner konnte er einfach nicht unterdrücken. Ich bedankte mich dann wie geplant, packte meine sieben Sachen zusammen und kroch mit Kirsten wieder in ihren Käfer. Im Hexenhaus machten wir anschließend Pläne für die nächsten Tage. Am Wochenanfang war wenig Fastnacht in Mainz. Also schlug ich vor, uns bei meinen Eltern in Wackerstein anzumelden und ihnen einen Erstbesuch abzustatten. Zu Kirstens Familie könnten wir dann ja am Wochenende nach unserer Rückkehr von Hannover aus fahren. Kirsten hatte der anderen Kirsten die Telefonnummer des Hexenhauses gegeben, die wollte sehen, noch vier Karten für eine Sitzung zu bekommen.

Zuerst einmal rief ich dann zu Hause an. Mutter war schnell am Apparat, Vater telefonierte nur, wenn er musste. Als ich ihr mitteilte, dass ich am nächsten Tag gerne am späten Vormittag kommen und meine zukünftige Frau mitbringen wolle, verschlug es ihr kurz die Sprache. „Bist du nicht nach Mainz gefahren?" „Doch, und von da kommen wir auch. Aber meine Kirsten kenne ich aus Hannover. Wir singen dort seit Jahren im selben Chor." „Das hättest du uns auch schon früher mal erzählen können." „Hätte ich nicht, aber das erklären wir euch morgen." „Na, jedenfalls freuen wir uns. Hiltrud hat nur vormittags in der Berufsschule Unterricht, so ist die auch ab halb Zwei zu Hause. Also dann, bis morgen."

Ich hatte kaum aufgelegt, klingelte das Telefon. Kirsten hob ab: „Reinders. Ach, Jochen, du bist das. Oh, das ist prima. Gut, dann bis Freitag um 19 Uhr am Eingang. Tschüß." Dann berichtete sie, die blonde Kirsten habe noch vier Karten für die Sitzung in Mombach ergattern können, sogar zwei und zwei gegenüber an einem Tisch. Einige Tänzerinnen aus ihrer Garde hatten sich kräftig erkältet und die Karten weiterverkauft. So bekämen wir auch noch eine der typischen Mainzer Veranstaltungen mit. Zu guter Letzt rief meine Hexe dann noch in Jever an. Ihr Vater war am anderen Ende. Wenn sonntags der Fernsprecher klingelte, war das meistens notfallmäßig ein Mitarbeiter der Brauerei aus der Sonntagsschicht, Enno Reinders arbeitete dort als Braumeister. Als er Kirstens Stimme hörte, fragte er gleich: „Na, wie geht dir das in Großmutters Häuschen?" „Ganz ausgezeichnet. Ich bin ja nicht alleine, mein zukünftiger Ehemann ist bei mir. Und wenn es euch recht ist, kommen wir in zwei Wochen am Wochenende zu Euch. Wann genau wir fahren können, wissen wir noch nicht." Kirstens Vater reagierte sofort: „Prima, wir freuen uns. Mach's gut, mein Küken. Und grüß´ mir den jungen Mann, der dir zum Opfer gefallen ist."

Für die Fahrt in den Vogelsberg hatte ich etwa drei Stunden kalkuliert. So machten wir uns früh auf den

Weg. Kirsten gab mir am Morgen den Wagenschlüssel und bat mich, zu fahren. Sie lotste mich zur Auffahrt Mombach und über die Schiersteiner Brücke zur A 66 Richtung Frankfurt. Über die A 5 kamen wir so schnell voran, dass ich die Autobahn spontan bei Friedberg verließ und eben schnell mal bei unseren Großeltern vorbei schauen wollte. Wir überraschten sie beim Frühstück. Freude und Erstaunen waren groß, und Großvater entfaltete seinen ganzen Altherrencharme, um der aparten Zukünftigen seines Enkels zu gefallen. Nach einer Stunde verabschiedeten wir uns. Großmutter nahm Kirsten fest in ihre Arme und sagte: „Kindchen, pass mir schön auf den Bengel auf. Und lass dich nicht von ihm herumkommandieren." Vergnügt setzten wir nun unsere Reise fort. Diese Fahrt über den hohen Vogelsberg beeindruckte Kirsten durchaus. Das war etwas ganz Anderes als das friesische Flachland, in dem sie aufgewachsen war.

Mutter empfing uns mit sichtbarer Neugier, was für ein Wesen ich denn da nun beibrächte. Ihre Herzlichkeit überbrückte wie immer erste Unsicherheiten, und bald saßen wir drei zusammen im Wohnzimmer. Sie hatte das Mittagessen so gut vorbereitet, dass sie uns zuerst einmal einige Zeit alleine widmen konnte. Wir berichteten von unserem ungeplanten Zusammentreffen auf der Tanzfläche und der plötzlichen Erkenntnis, einander schon erheblich länger zugetan gewesen zu sein. Kirsten berichtete dann, dass das Häuschen bei Gonsenheim schon gar nicht mehr ihrer Familie gehöre, sondern der Stadt Mainz, die dort ein Neubaugebiet plane. Ein Streifen des Waldes solle dafür noch fallen, obwohl die Autobahnbaustelle schon zahllosen Bäumen das Leben gekostet habe. Vertraglich habe die Familie Reinders noch so lange das Nutzungsrecht, bis die Erschließung des Gebietes das Häuschen auffressen werde. „Meine vier Schwestern mit ihren Familien verbringen da in Absprache jeweils einen Teil ihrer Urlaubstage. Und ich habe mir dieses Jahr gesagt, es ist wieder mal Zeit, in die Fastnacht einzutauchen. Du bist allein, was hindert dich? Und nun habe ich in Mainz meine Zukunft gefunden, die ich in Hannover ständig vor der Nase hatte."

Nach Schulschluss kam dann Vater herzu und manche Frage musste noch einmal beantwortet werden. Mit sichtlichem Wohlgefallen betrachtete er meine hübsche Hexe. Plötzlich meinte er: „Ich hätte nie erwartet, dass du als Erster mit einem Schwiegerkind auftauchen würdest. Unsere Anne lässt sich da verblüffend viel Zeit. Jetzt wechselt sie erst einmal den Arbeitsort. Abts bewirtschaften ab Anfang April vorläufig die neu gebaute Evangelische Akademie in Bad Herrenalb. Anne übernimmt dort die Hauswirtschaftsleitung. Geplant ist, dass sich, wenn es gut angelaufen ist, diese Einrichtung vom Hotelbetrieb trennen und Anne von der Badischen Kirche angestellt wird. Wie soll sie da wohl Zeit für einen Mann finden? Sie scheint mit ihrem Leben aber sehr zufrieden." „Das wäre auf Dauer überhaupt nichts für mich." Kirsten schüttelte energisch ihre Mähne. „Ich bin da ganz klar der Typ Hausmütterchen. Erst mal einige Jahre mein Beruf mit Kindern anderer Leute, und ab demnächst eigene Gören und schön mit diesen zu Hause. So, wie es aussieht, können wir uns das auch leisten." Ich war ganz verblüfft über dieses Bekenntnis, wir hatten darüber noch gar nicht gesprochen.

Sie hatte das gerade geäußert, da kam Hiltrud vom Bus herüber. Die beiden jungen Damen schauten sich an, dann umarmten sie einander, und das junge kecke Hühnchen meinte: „So eine tolle Frau hätte ich meinem Bruderherz nie zugetraut." Dann klopfte sie mir auf die Schulter und verkündete: „Ich fühle mich schon total als Schwägerin." Nun ja, im April wurde sie siebzehn. Und sie hatte sich ganz gewaltig gemausert. In meiner Vorstellung war sie immer noch ein freches pubertierendes Mädchen gewesen. Jetzt aber stand da eine hübsche junge Frau mit blondem Bubikopf, offensichtlich recht selbstbewusst und bereit für das Leben. Sie hatte eine gute „Mittlere Reife" erworben und war jetzt Lehrmädchen im Chemielabor der großen Lauterbacher Karton- und Verpackungsfabrik.

Als wir alle mit unserer Mahlzeit fertig waren und Hiltrud zuerst einmal ihre Berufsschularbeiten erledigen wollte, kochte Mutter zu meinem Erstaunen einen recht schmackhaften Tee, und wir vier setzten uns mit unseren Tassen ins Wohnzimmer. Vater wollte wissen, wie unser Plan für die nächsten Stunden sei. „Na ja, wir werden dann wohl nach dem Abendessen wieder fahren." „Habt ihr morgen etwas Wichtiges vor?" „Nein, eigentlich nicht." „Dann bleibt doch über Nacht. Mutter hat das Gästezimmer immer frisch gerichtet, das weißt du ja. Wenn ihr im Häuschen zusammen schlaft, könnt ihr das hier auch." „Eigentlich haben wir gar nichts mit für eine Übernachtung." Wie ein ertapptes Kind reagierte Kirsten ein bisschen verlegen. Vater fing schallend an zu lachen. „Falls es an Zahnbürsten mangelt, da hält man auf dem Dorf genug neue auf Vorrat. Und ihr wollt mir doch nicht erzählen, dass ihr außer euch selbst noch irgendwas braucht. Die Zeit für Nachthemden und Schlafanzüge kommt später. Alles kommt wieder, das war bei uns ja nicht anders."

Es wurde ein gemütlicher Abend im Lehrerhaus. Besonders Kirsten hatte natürlich allerhand Fragen zu beantworten, sie fragte sich aber auch ganz geschickt durch unsere Familienzusammenhänge und wollte Manches über meine Kindheit erfahren. Irgendwann fiel mir ein, mich nach meinem Freund Karl zu erkundigen. „Der hat gerade in Darmstadt sein Diplom als Chemiker erworben und sogar schon eine Stelle als stellvertretender Produkt-Entwicklungsleiter in Lauterbach in der Firma, in der Hiltrud ihre Ausbildung macht. Seine Eltern haben ihm angeboten, erst einmal hier zu wohnen, er hat aber in Lauterbach schon eine hübsche Wohnung in Aussicht." Vater wusste aber auch, dass Karl derzeit mit zwei ehemaligen Mitstudenten nach Italien gefahren war.

Das Frühstück mit Mutter allein war ausgesprochen behaglich. Anschließend zogen wir unsere Mäntel an und spazierten ein bisschen durch das Dorf. Angesichts der Winterkühle, auch ohne Schnee, waren wenige Leute auf der Straße. Ausgerechnet Tante Bertha Schmidt war unterwegs zum Dorflädchen und kam uns entgegen. Als sie mich erkannte, blieb sie stehen und begrüßte uns. Wie immer aufmerksam betrachtete sie sich Kirsten, deren schwarze Haare um ihr Gesicht herum dekorativ aus der Kapuze quollen. Dann lächelte sie, meinte nur: „Viel Glück euch beiden." und ging weiter. Ich erklärte Kirsten, wer das gewesen war. Und dass sie die Mutter meines Freundes Karl sei, von dem wir am Vortag die Rede hatten. Nach dem Mittagessen mit Vater machten wir uns dann wieder auf die Rückfahrt nach Mainz.

Kirsten saß eine ganze Zeit schweigend neben mir. Plötzlich fragte sie mich: „Hattest du eigentlich schon Beischlaferfahrung mit anderen Frauen?" „Nein, mein Schatz, du bist genauso meine Erste, wie ich der erste Deine bin." „Woher willst du das wissen?" „Das war deutlich genug zu spüren." „Jetzt erkläre mir mal bitte, wieso du so viel über das alles weißt." Ich erzählte ihr ausführlich vom alten Schäfer Albrecht und seinen Schafen und von der weitsichtigen Unterrichtserfindung unseres Vaters. Auch dass Anne und ich bei der Geburt Hiltruds dabei gewesen seien. „Da bin ich richtig neidisch. Von meinen großen Schwestern habe ich so das Eine oder Andere aufgeschnappt, meine Eltern hüllten sich in Schweigen - wie wohl die meisten Eltern. Ich muss dir gestehen, ich hatte jahrelang richtig Angst vor dem ersten Mal, weil ich so gar nichts wusste. Wenn du im Chor hinter mir gestanden hast oder wir miteinander tanzten, habe ich wohl dein Begehren gespürt und mich selbst nach dir gesehnt. Nie hätte ich mich getraut, es dir zu zeigen. Mit den zwei Gläsern Wein im Bauch, der aufgekratzten Stimmung durch das Tanzen, meiner endlich frei geküssten Liebe zu dir und dem aufgewühlt Sein durch die ständigen weiteren Küsse habe ich alle Ängste vergessen. Aus purer Sorge, die könnten wiederkehren, hatte ich es so eilig, ins Häuschen zu kommen. Deshalb auch meine ungeduldige Forderung, du solltest mich sofort ausziehen. Das war so der Moment: Jetzt oder nie. Und dann hast du mir meine Unsicherheit genommen, weil du alles gewusst hast. So gab es kein Halten mehr. Du glaubst gar nicht, wie glücklich ich mit dir bin." Da war gerade ein Parkplatz, den ich anfahren konnte. Ich musste meine Hexe schnell einmal küssen, bevor ich weiter fahren konnte.

Unsere restlichen Tage und Nächte in Mainz waren wie ein wunderbarer Traum. Kirsten zeigte mir die schöne Altstadt. Und die Prunksitzung in Mombach bewies uns, zu welchen literarischen Höchstleistungen einige der Büttenredner fähig waren. Der Rosenmontagszug schließlich erweckte in seiner Größe und seiner bunten Vielfalt unsere ganze Bewunderung. Jochen hatte uns einen sehr guten Platz gezeigt, von wo aus er mit uns,

Brigitte und Uli ganz nahe am Geschehen sein konnte. Seine Kirsten wusste, wo sie uns finden würde, und lieferte mit ihren Funken und den drei Tänzern direkt vor uns einige gewagte Tanz- und Hebefiguren zu Ehren ihres Jochen ab.

Am Dienstag holten wir den dann in seinem Heimatdorf, hinterließen eine schluchzende Blondine und machten uns auf die Reise nach Hannover. Kirsten musste am Aschermittwoch wieder im Kindergarten arbeiten, und wir beiden Männer taten gut daran, noch einmal das Grundsätzliche für unsere letzten mündlichen Prüfungen zu wiederholen. Kirsten und ich wollten ja auch schon am Freitag nach Jever. Zuerst brachten wir Jochen zu seiner Wohnung, dann ging es zum Haus meiner Verwandten. Ich holte mein Köfferchen unter der Fronthaube hervor, da stand plötzlich meine Tante neben der offenen Fahrertür, beugte sich hinein und grüßte: „Du bist also die Kirsten. Ich bin die Tante Irmela. Dann kommt mal zusammen rein. Erstens habe ich einen Kuchen gebacken und der Kaffe läuft gerade durch. Und zweitens möchte ich etwas mit euch besprechen."

Neue Möglichkeiten

Als wir zu dritt am Esstisch saßen und dankbar dem Kuchen und dem heißen Kaffee zusprachen, machte die Tante uns folgendes Angebot: „Deine Mutter hat uns von euch erzählt. Ihr habt ja nun schon gut zwei Wochen zusammen gelebt, das kann dann auch so bleiben. Ist das Kind schon in den Brunnen gefallen", sie schmunzelte, „hilft ein ach so moralisches Getrenntwohnen für die Zeit, die Hartmut noch in Hannover ist, auch nicht mehr. Also ziehst du, Kirsten, ab sofort oben bei ihm mit ein. Onkel Walter und ich haben insgeheim seinerzeit vier Monate bei meinen Großeltern in Peine gewohnt, bis wir dann geheiratet und offiziell eine gemeinsame Wohnung bezogen haben. Anne war auch schon unterwegs, als deine Eltern vor den Traualtar getreten sind. Aber das hast du sicher schon selbst errechnet. Das ist euch doch recht so? Und wie geht das dann mit euch weiter? Ach ja, fast hätte ich den Brief vom Schulamt Oldenburg vergessen, der am Freitag für dich kam."

Dieser Brief war die erste Antwort auf sieben Bewerbungen für Referendarstellen, die ich im Herbst abgeschickt hatte. Davon waren vier an Niedersächsische Bezirksregierungen gegangen und drei an hessische. Als ich vorlas, dass ich sofort nach den Osterferien eine Stelle an der Berufsschule in Varel antreten könne, fing meine liebe Tante schallend an zu lachen. „Ausgerechnet in Varel, gar nicht weit weg von Jever. Das hat so sollen sein." Kirsten seufzte: „Wenn du dort zusagst, bist du ganz schön weit weg von hier. Dann muss ich schleunigst sehen, in Friesland eine Stelle zu bekommen. Nur so könnten wir, wie wir vorhaben, ganz bald heiraten. Oder für dich kommt noch eine Zusage für näher." „Jetzt warte erst mal ab, erst kommt das Examen. Kommt Zeit, kommt Rat." Ich war da ganz zuversichtlich.

Meine Tante wollte nun wissen, wo der Kindergarten sei, in dem Kirsten arbeite, und welche Aufgabe sie dort habe. „Wenn ich hier wohnen darf, ist das sehr praktisch. Der Kindergarten, in dem ich eine Gruppe leite, ist in der Parallelstraße, keine fünf Fußminuten von hier. Ich wusste ja nicht, dass Hartmut hier wohnt. Und mein Zimmerchen ist fast am anderen Ende der Stadt. Damals war nichts Anderes zu bekommen, und ich habe mich halt an die Enge gewöhnt, auch an die Toilette auf halber Treppe." „Wenn das so ist, kündigst du jetzt sofort dort die Miete. Und solltet ihr beide wirklich eine kurze Zeit in getrennten Regionen arbeiten müssen, habt ihr hier euer Nest und du kannst von hier aus zu Fuß zur Arbeit." Kirsten standen die Tränen in den Augen. Diese unkomplizierte Zuneigung meiner Verwandtschaft brachte sie fast außer Fassung. Zuerst trugen wir nun meinen Koffer nach oben und Kirsten bestaunte die komfortable kleine Wohnung, die nun für uns gemeinsam bereit stand. Wortlos stellte ich fest, dass mein breites Bett eine zweite Decke und ein zweites Kissen bekommen hatte. Und die historische Waschschüssel mit dem dicken Krug war weg. Da waren bereits die

Heinzelmännchen am Werk gewesen. Wir fuhren dann zu Kirstens bisheriger Wohnung, räumten ihr ganzes Eigentum in den Käfer, schrieben eine Kündigung, die in den Briefkasten des Hausbesitzers kam, und fuhren vergnügt zurück.

Das kommende Wochenende wurde für mich reichlich spannend. Schon am Freitagnachmittag fuhren wir nach Jever. Kirsten hatte uns bei ihrer zweitältesten Schwester einquartiert, die, nach Jever zurückgekehrt, mit ihrer Studentenliebe, einem inzwischen recht erfolgreichen Rechtsanwalt, verheiratet war und selbst in seiner Kanzlei in Teilzeit als Anwältin arbeitete. „Mein Vater könnte es als ein Problem ansehen, uns zusammen im Gästezimmer übernachten zu lassen. Manchmal ist er ein recht konservativer Friese. Maike und ihr Mann Olaf haben da gar kein Problem. Wenn Vater damals gewusst hätte, dass die Beiden in Kiel ihre ganze Studienzeit über unverheiratet eine gemeinsame Wohnung hatten, was das wohl gegeben hätte! Maike ist sowieso die Schwester, die mir am nächsten steht, wahrscheinlich, weil wir so verschieden sind." Als wir bei Maike Bohlen und ihrem Zweimetermann ankamen, verstand ich sofort, was Kirsten gemeint hatte. Maike war etwas kleiner als sie (Olaf erklärte: „Wir führen eine Neigungsehe."), trug die pechschwarzen Haare ganz kurz und war selbst im Hausgewand sehr elegant gekleidet. Hinter ihrer großen Brille blitzten kluge, aber auch schalkhafte Augen. „So, ihr beiden Turteltäubchen, dann kommt mal herein, bringt euer Gepäck hinauf ins Gästezimmer und kommt dann zum Abendessen. Anschließend fahre ich mit euch zu unseren Eltern." Die beiden kleinen Söhne, vier und zwei Jahre alt, nahmen unsere Anwesenheit ohne Scheu zur Kenntnis. Ihr Vater brachte sie dann später zu Bett.

Wir Beiden wurden nun von Maike mit ihrem „Küchenauto", wie sie ihren Ford-Taunus scherzhaft nannte, zu meinen zukünftigen Schwiegereltern kutschiert. Wenn die alte Behauptung recht hatte, an seiner Schwiegermutter könne man erkennen, wie die eigene Frau in drei Jahrzehnten aussehen werde, hatte ich auch in dieser Hinsicht das große Los gezogen. Mechthild Reinders war noch immer, auch nach fünf Schwangerschaften und weiteren mehr als zwanzig Jahren, eine hinreißend attraktive Frau. Die mir so vertraute Haarmähne war bei ihr natürlich grau gesprenkelt, umschmeichelte aber ungebändigt ihren Kopf. Sie gab meiner Hexe einen flüchtigen Kuss, packte mich dann bei den Oberarmen, betrachtete mich mit großer Sorgfalt und begrüßte mich dann: „Willkomme, Hessebub. Jetz' krieg' ich wenigstens e' bissche Unnerstützung hier im kalte Norde." Sichtlich hatte sie absichtlich in ihre Mainzer Mundart geschaltet, denn den ganzen Abend über sprach sie anschließend ein nur minimal eingefärbtes Hochdeutsch.

Mechthild und Enno Reinders waren ein köstlich humorvolles und gütiges Ehepaar. Irgendwann fragte mein zukünftiger Schwiegervater seine Jüngste, warum wir denn bei Maike und Olaf eingekehrt seien. Etwas verlegen antwortete Kirsten: „Ich wollte Euch mit unserer gemeinsamen Bettnutzung nicht in Entscheidungsnöte bringen." Zu unserer Verwunderung fing ihr Vater herzlich an zu lachen. „Mutter und ich hatten ein banges halbes Jahr vor unserer Hochzeit, ob es gut gehe, dass wir uns ständig in meiner kleinen Wohnung im Mainzer Schöfferhofer Brauhaus, wo ich meine Ausbildung machte, sittenwidrig vergnügten. Und deine Schwestern waren vor ihren Ehen auch keine Klosterfrauen. Du, Maike, ja schon gar nicht." Maike und Kirsten staunten nicht schlecht, wie falsch sie ihren Vater eingeschätzt hatten. Maike meinte: „Dass ihr nie etwas gesagt habt." „Dazu waren wir wohl immer ein bisschen zu verklemmt. Den Anstoß dazu, uns freier mit solch heiklen Themen auseinander zu setzen, verdanken wir eurer Nichte Nele. Die hat ja öfter wochenlang bei uns gelebt, als eure älteste Schwester Greta nach dem Unfall immer wieder so lange im Krankenhaus liegen musste. Die kleine Maus hat immer Fragen gestellt. Da mussten wir dann über unsere Schatten springen. Zuerst die Oma, und dann nach weiterem Zögern auch der konservative Opa."

Von Kirsten wusste ich, dass Greta einige harte Jahre erlebt hatte. Wenige Zeit nach ihrer Ausbildung zur Kinderkrankenschwester im Anschluss an ihre mittlere Reife habe sie 1956 in Hannover einen kanadischen Offizier geheiratet. 1960, als sie mit ihrem zweiten Kind schwanger gewesen sei, sei die ganze Familie schuldlos in einen schweren Autounfall verwickelt worden, den ihr Mann nicht überlebt habe. Zudem habe sie als Folge eine Fehlgeburt erlitten. Ihre zahlreichen Verletzungen hätten einige Operationen mit sich gebracht. Bis auf eine minimale Gehbehinderung sei alles wieder in Ordnung. Inzwischen sei sie die zweite Ehefrau des Arztes, der sie mehrfach operiert hatte, und mit diesem nach Nürnberg gezogen, wo er eine Chefarztstelle bekommen habe. Und vor wenigen Monaten habe sie ihm dort einen Sohn geboren. Gesa, die Dritte, lebte mit ihrer Familie in Brüssel, ihr Mann war im diplomatischen Dienst. Und Wiebke, Nummer vier, hatte es mit ihrer Familie nach Hamburg verschlagen, wo ihr als Nautiker ausgebildeter Mann im Hafenmanagement beschäftigt war, nachdem er in Elsfleth studiert und einige Zeit später sogar sein Kapitänspatent erworben hatte. Diese drei interessanten Geschwisterfamilien und meine Schwester Anne wollten wir dann irgendwie später einmal besuchen.

Wir verabredeten in Jever, dass wir auf eine offizielle Verlobungsfeier verzichten wollten, aber in den nächsten Tagen unsere Verlobung mit Karten allen Verwandten und Bekannten mitzuteilen gedächten. Wir wollten nämlich im Sommer gleich heiraten. „Ich miete wieder die Brauschänke. Euch wird die ganze Sache nichts kosten. Das ist dann die sechste Hochzeit, die Mutter und ich ausrichten. Es ist in Friesland Sitte, dass die Brauteltern das so machen. Meine Zeit, Mutter! Hätten wir nicht doch besser einige Söhne statt der fünf Weiber in die Welt setzen sollen?" Fröhlich holte er seinen Terminkalender, und wir machten uns an die Planung eines Termins. Das erste Wochenende in den niedersächsischen Sommerferien bot sich an, also wurden der 16. und der 17. Juli festgesetzt. In den Osterferien würde sich dann die nötige Zeit ergeben, das Aufgebot zu bestellen und im Pfarramt vorzusprechen. Jetzt kamen erst einmal die Prüfungen, der Einstieg in das Referendariat und insgesamt unser neues gemeinsames Leben.

Jochen und die blonde Kirsten waren da bereits erheblich weiter mit ihrer Hochzeitsplanung. Der Termin lag schon fest; für das Wochenende nach Ostern. Deren erste gemeinsame Nacht war wohl direkt erfolgreich gewesen. Wir hingegen hatten noch rechtzeitig mit sinnvoller Verhütung angefangen.

Anfänge

Die mündlichen Prüfungen liefen sowohl für Jochen als auch für mich unerwartet glatt. Jeder von uns erreichte neben den Durchschnitten in den Technikfächern von 2.5 (Jochen) und 2,7 (ich) in den pädagogischen Fächern eine glatte 2,0. Wir waren beide mehr als zufrieden. Inzwischen hatten mir mehrere der angeschriebenen Schulbehörden geantwortet. Bei einigen Absagen fand sich doch eine sehr erfreuliche Zusage: ich konnte mein Referendariat in Celle ableisten, gerade einmal knapp über dreißig Kilometer von unserer behaglichen Wohnung entfernt. Und für Varel lag zudem die Zusage vor, direkt nach der Referendarzeit dort in der Berufsschule als Studienassessor einsteigen zu können, der Fachkollege gehe dann in den Ruhestand. Die Seltenheit meiner Fachrichtung erwies sich als vorteilhaft.

Erst aber war mal Verschnaufpause. Kirsten und ich hatten schon vier Chorproben versäumt. Nun war es an der Zeit, an der ersten Probe nach meinen Prüfungen wieder teilzunehmen. Das würde dann auch das erste Zusammentreffen mit unserer Clique sein. Als wir Hand in Hand am Gemeindesaal eintrafen, in dem die Proben immer stattfanden, kam unser Kantor gerade ebenfalls an. Er sah uns und kommentierte: „Aha, ihr Beiden auch." Das kam uns etwas seltsam vor, aber wenige Augenblicke später kam die Auflösung dieses Orakelspruches. In einer Ecke der Garderobe stand Siggi

Lau mit Karin Wilken, und beide knutschten heftig, völlig ungeachtet der an der Garderobe beschäftigten Leute. Bei diesen temperamentvollen Beiden kein Wunder, aber doch auch ziemlich überraschend. Im Gemeindesaal waren bereits fast alle Sänger zusammen. Rege Gespräche, wie immer, füllten den Raum. Und dann ging die Saaltür nochmals auf und als letzter Sänger, wie immer auf die Minute genau, trat Wolfgang Hohn ein, fest im Arm die blonde Edda Jensen.

In unserer Stammkneipe hatten wir alle sechs dann eine Menge zu erzählen. Als Kirsten und ich uns unabhängig voneinander für einige Übungsstunden abgemeldet hatten, wussten die Vier nichts Rechtes miteinander anzufangen. Also schlug unser „Eventmanager" Siggi vor, man könne ja Zwei und Zwei bis zu unserer Rückkehr das Eine oder Andere unternehmen. Ob er da schon den Plan gehabt habe, Karin „endgültig an Land zu ziehen", wie sie das ausdrückte, wisse er selber nicht so genau. Jedenfalls habe es sich bereits bei der ersten Zweisamkeit im dunklen Kino so entwickelt, dass sie entdeckt hätten, wie verliebt sie in einander doch schon länger gewesen seien.

Wolfang nun gestand schmunzelnd, dass die ganze „Erledigung unseres schon ziemlich lange bestehenden Problems" eindeutig durch Edda herbeigeführt worden sei. Sie habe angeboten, einmal in seiner schönen Wohnung für sie beide zu kochen und einen gemütlichen Abend bei ihm zu verbringen. Er habe zum Dank für das

Angebot eine gute Flasche Champagner besorgt. Nach genossener Mahlzeit hätten sich die gemeinsamen Genüsse in schwindelerregender Geschwindigkeit gesteigert. „Juristisch gesehen gibt es seitdem häufigen einvernehmlichen Geschlechtsverkehr". Und Edda habe bereits ihre doofe Wohnung „fristgerecht" gekündigt, die bewohne ja nun bereits eine neue Mieterin.

Kirsten stellte nach unserem nachfolgenden Mainz-Bericht abschließend fest, dass doch die kurzfristige Auflösung unserer Clique eine Menge Bewegung in unser aller Leben gebracht habe. Unser Lachtäubchen Karin beendete das Gespräch mit ungewohnter Feierlichkeit: „Und jetzt wissen wir alle, wohin wir in Zukunft gehören." Wir haben uns danach nicht mehr ganz so häufig getroffen wie früher, doch durchaus immer wieder zu sechst. Oft in einer unserer Wohnungen.

So formal und umständlich Wolfgang oft wirkte, in Sachen Heirat waren Edda und er die Schnellsten. Bereits am Freitag nach Himmelfahrt fand in Hannover die standesamtliche und am Tag danach in Greetsiel, wo Edda her stammte, die kirchliche Trauung statt. Edda war da nämlich bereits im dritten Monat schwanger. Siggi und Karin hatten witziger Weise ihre Hochzeit für das gleiche Wochenende geplant wie wir. Sie blieben danach sofort in Karins Heimatstadt Lüneburg wohnen, wo beide Arbeit gefunden hatten.

Die werktägliche Fahrt mit Kirstens Käfer nach Celle war kein Problem. Meine beiden Mentoren gaben sich ordentlich Mühe, einen brauchbaren Lehrer aus mir zu machen. Und unsere Hochzeit in Jever wurde ein unvergessliches Ereignis. Wir hatten uns immerhin außer unseren ältesten Schwestern Anne und Greta mit Familie allen nächsten Verwandten zuvor bekannt machen können. Die Nürnberger erwiesen sich als unkompliziert und herzlich, Anne und Kirsten verstanden sich sofort bestens.

Anfang August waren die Kindergartenferien zu Ende, Kirsten musste wieder arbeiten. Gut zwei Wochen später sagte sie mir, wir würden nun wohl auch Eltern, ein Besuch bei ihrem Frauenarzt bestätigte ihre Vermutung. Wir würden also noch etwa ein halbes Jahr mit unserem Kind in unserer Dachwohnung bleiben, das dürfte wohl kein Problem werden.

Ende August bekamen wir einen ausführlichen Brief von meiner Schwester Anne. Ich glaube, sie hatte mir niemals je zuvor einen geschrieben, Informationen liefen stets über unsere Eltern. Sie berichtete uns, ihre Aufgabe in der evangelischen Akademie habe ihr zum Anfang eines völlig neuen Lebensabschnittes verholfen. Sie beschrieb die ständige Folge von theologischen Seminaren und Diskussionskreisen im Haus. Oft blieben die Teilnehmer eine bis drei Wochen in Pension und bearbeiteten wohl breitgefächerte Themenfelder. Direkt nach ihrer Reise zu unserer Hochzeit habe ein drei Wochen dauerndes

Pfarrerseminar begonnen. Drei Pfarrerinnen und fünfzehn Pfarrer hätten daran teilgenommen. Durch das heiße Juliwetter hätten die abends dann oft auf der großen Terrasse gesessen, das Eine oder Andere getrunken und in behaglichen Gesprächen den Tag ausklingen lassen. Sie als „Hausmutter" und ihre drei Mitarbeiterinnen, die ja im Seitenflügel ihre behaglichen Appartements bewohnten, wären immer freundlich dazu geladen und auch gerne beteiligt gewesen.

„Bald bildeten sich feste Gesprächsrunden. Ein junges Pfarrersehepaar aus Lörrach, ein Pfarrer aus dem Murgtal und ich hatten uns ein wenig an den Rollenvorstellungen und -problemen der Geschlechter festgebissen. Bei dem Ehepaar Kuhn war die Rollenzuordnung durch die Besetzung zweier benachbarter Pfarrstellen scheinbar gut gelungen, doch beklagten beide, dass sie nicht so recht wüssten, wie sie in Zukunft den seit wenigen Tagen bekannten Kindersegen wohl würden organisieren können. Paul Biermann war mit seinen etwa 30 Jahren wie ich noch völlig solo, hatte aber sehr genaue und konservative Vorstellungen, er könne sich in seinem Beruf keine berufstätige Ehefrau vorstellen. Ihm schwebe das klassische Pfarrhausbild vor. Ich behauptete energisch, mir ein Leben, in dem ich meinen Beruf nicht ausüben könne, nicht denken zu können. Oft gingen wir zum

Schluss noch einige Takte spazieren, bevor wir uns zur Nachtruhe verabschiedeten.

Kuhns reisten zwei Tage vor Schluss des Seminars nach Hause, die Schwangerschaft machte der jungen Pfarrerin mehr zu schaffen, als sie erwartet hatte. So begaben Paul Biermann und ich uns am vorletzten Abend schon ziemlich früh auf unseren gewohnten Spazierweg, folgten dem schmalen Waldweg aber erheblich weiter als an den Abenden zuvor, wir hatten ja Zeit. Schon tagelang hatte ich mich intensiv zu diesem ruhigen, freundlichen und toleranten Mann hingezogen gefühlt. Er erzählte mir, dass er als Dreijähriger den Vater durch den Krieg verloren habe. Seine Mutter sei in erstaunlicher Konsequenz mit ihm alleine geblieben, habe sie beide mit eiserner Energie mit den Einnahmen aus ihrem Intensivschwesternberuf über die Runden gebracht und ihm Schule und Studium ermöglicht. Das Häuschen ihrer verstorbenen Eltern in Freiburg habe ihr weitgehend die finanzielle Freiheit dazu gegeben. Schweigend gingen wir ein weiteres Stück den Weg entlang.

Plötzlich stellte ich ihm die Frage, ob er wie seine Mutter weiterhin alleine durchs Leben kommen wolle. Er blieb stehen, schaute mich ganz seltsam an und meinte, darauf habe er sich in der letzten Zeit eigentlich schon eingestellt, sei sich dessen jetzt aber durchaus nicht mehr sicher. Da waren bei mir plötzlich alle Hemmungen weg. Ich nahm sein Gesicht in die Hände, verkündete, dass es also an der Zeit sei, eine andere Gewissheit zu schaffen, und küsste ihn mit einer Leidenschaft, die ich bei mir nie erwartet hätte. Und plötzlich war ich schwach und er stark. Bis knapp vor dem kleinen Waldrand-Wanderparkplatz gegenüber der Akademie ließ er mich nicht mehr los. Wir küssten uns immer wieder und konnten gar nicht genug voneinander bekommen. Über den Parkplatz weg und in die Akademie hinein gaben wir uns dann den Anschein, als sei nichts Besonderes geschehen. Paul ist fast so gut im Verbergen wie ich."

Nun sei der erste Monat vergangen, seit sie sich gefunden hätten, und sie seien sich einig, ihr Leben lang beieinander bleiben zu wollen. Sie habe Paul nun auch schon einmal predigen gehört, sie habe ja keine weite Fahrt zu ihm. Auch seine Art zu predigen habe ihr gezeigt, welch ein liebevoller und grundgütiger Mann ihr Paul sei. Der Brief endete „mit herzlichem Gruß an Euch Beide, auch von Paul, Eure zukünftige Frau Biermann (dann Pfarrfrau im Hauptberuf und all ihren bisherigen Prinzipien gerne untreu)".

Auch die Beiden verzichteten auf eine Verlobungsfeier, so lernten wir Annes Paul erst in der Woche nach Weihnachten in Wackerstein kennen, als Mutter zur Feier ihres fünfzigsten Geburtstages ein kleines feines

Familientreffen organisiert hatte. Mitten im verschneiten Vogelsberg. Kirsten hatte schon einen ordentlichen Bauch bekommen. Die Schwarzwälder luden bei dieser Gelegenheit zu ihrer Hochzeit ein, die am letzten Wochenende im Februar in Freiburg gefeiert werden sollte. Das könnte für Kirsten schon ein bisschen beschwerlich werden, sie fühlte sich dem aber durchaus gewachsen.

Seit einiger Zeit gab es im Dorf keine Schule mehr. In Lauterbach war eine Mittelpunktschule entstanden, in der Vater nun unterrichtete. Unsere Eltern hatten das Angebot der Gemeinde, das Lehrerhaus für günstiges Geld zu kaufen, direkt angenommen. Die geschindelte Außenhaut brauchte wenig Pflege, ab und an mal einen Anstrich. Innen war das Haus im Großen und Ganzen in Ordnung, lediglich ein schönes Badezimmer hatten sich die Eltern kürzlich noch im ehemaligen Gästestübchen einrichten lassen. Die Dorfgemeinschaft hatte das ebenfalls rundum geschindelte Schulhaus zu einem praktischen Gemeindehaus umgebaut, fast völlig in Eigenleistung. Vaters ehemaliger Klassenraum war in das zweite Klassenzimmer hinein gewachsen. Der Eingang und die Toiletten waren zur Straße hin verlegt worden und der Schulhof jetzt ein praktischer Parkplatz. Da konnten wir gut feiern.

Wir saßen schon beim Mittagessen, da kam Karl dazu, dessen Mutter und Schwestern Küche und Service gekonnt erledigten. Karl war kreidebleich. Er kam geradeswegs aus dem Lauterbacher Krankenhaus. Dort kämpfte seine Bärbel ums Überleben. Wir erfuhren, dass sich die Beiden nach Karls Studium wiedergefunden hatten. Bärbel hatte nach ihrem erfolgreichen Abitur die mittlere Verwaltungslaufbahn eingeschlagen. Daraufhin arbeitete sie nun als Beamtin in der Kreisverwaltung. Am ersten Feiertag war sie mit ihrem kleinen Fiat auf dem Rückweg von Wackerstein von der verschneiten Straße abgekommen und mit dem Wägelchen gegen einen Baum geprallt. Die Verletzungen waren nicht allein das Schlimme, alles war viel gefährlicher, weil man sie ewig später erst halb erfroren gefunden hatte. Das Wissen um die Not in Karl selbst und in seiner Familie dämpfte die Stimmung erheblich. Etwa zwei Wochen später rief uns Mutter an und teilte uns mit, Bärbel sei nun doch ihren schweren Schädigungen durch Verletzungen und Erfrierungen erlegen.

Weil wieder erheblicher Schneefall vorausgesagt war, hatten Kirsten und ich uns für eine Bahnreise nach Freiburg entschieden. Das war sicherlich ungefährlicher als mit unserem inzwischen ziemlich müden Käfer, außerdem konnte Kirsten im Zug immer einmal wieder hin- und hergehen, was ihr sehr gut tat. Wir waren eine recht kleine Hochzeitsgesellschaft, ganz anders als bei uns im letzten Sommer. Anne hatte mich zum Trauzeugen auserkoren, und Paul seinen Kollegen Werner Kuhn aus Lörrach, dessen Frau inzwischen auch hochschwanger war. Paul hatte diese Beiden in

Ermangelung von Verwandten eingeladen, sie waren sich doch am Rande des Seminars recht nahe gekommen. Unsere Eltern kamen dann fast zu spät zum Standesamt. Um ihn ein wenig von seinem Kummer abzulenken, auch um für unsere Eltern und Hiltrud einen Fahrer mit einem starken und großen Auto zu haben, hatte Anne unseren Freund Karl kurzerhand mit eingeladen.

Karl hatte schon Anfang Dezember mit seinem Seniorchef klar gemacht, dass er dessen in die Jahre gekommenen BMW V8 sofort übernehmen wolle, wenn der als Ersatz bestellte neue Mercedes geliefert werde. Just am Tag der Beerdigung Bärbels kam der Daimler dann in Lauterbach an. So thronten unsere Eltern wie ein königliches Paar auf den feudalen Rücksitzen der großen BMW-Limousine und unsere längst nicht mehr kleine Hiltrud auf dem Beifahrersitz. Mit kräftigen Stollenreifen versehen hatte der schwere Wagen problemlos dem Winterwetter Paroli geboten.

Eine ganz rührende Zuneigung entwickelte sich in diesen Tagen zwischen Pauls Mutter und der Unseren. Und die beiden hochschwangeren Ehefrauen der Trauzeugen hatten einander ebenfalls eine Menge zu erzählen. Vater belegte den Pfarrer Kuhn und mich mit allerlei pädagogischen Fragen, so blieb Hiltrud und Karl nichts weiter übrig, als sich zuerst über die gemeinsame Arbeit in der Firma, dann über einigen Firmentratsch und schließlich intensiv über sich selbst und ihre Sicht der Welt zu unterhalten. Somit wurde niemandem langweilig, und Karl vergaß ein bisschen seinen Schmerz über Bärbels grausames Ende.

Die nächsten Wochen konnten ziemlich festreich werden. Unser Kind sollte Anfang April kommen, da gab es dann irgendwann eine Taufe. Hiltrud wurde am 18. April achtzehn Jahre alt und wollte das, weil das der Ostersonntag war, auch kräftig feiern. Ob das alles sich terminlich fügen würde, musste man abwarten. Am 9. April begannen bei Kirsten die Wehen; äußerst vaterfreundlich, hatte es doch am selben Tag Osterferien gegeben. Da alles etwas unübersichtlich schien, brachte ich Kirsten erst nach Mitternacht in die Geburtsklinik. Dort war man schon so fortschrittlich, dass ich bei meiner Frau bleiben konnte, auch während der Geburt. Das war 1965 durchaus noch nicht überall üblich. Witziger Weise ist unser Sohn Roland dann am 10. April genau um 10 Minuten nach 10 Uhr zur Welt gekommen, zu unserer Freude gesund und quirlig. Und mit pechschwarzen ganz dichten kurzen Haaren. Als die Hebamme Kirsten den Wicht auf den Bauch gelegt hatte, strich sie meiner Hexe und ihm über ihre Haare und schmunzelte: „Dieselbe Wolle auf dem Kopf wie die Frau Mama."

Obwohl es Kirsten nach der Geburt sehr gut ging und sie schon am Gründonnerstag entlassen wurde, entschieden wir uns angesichts des nasskalten Schmuddelwetters, nicht zu Hiltruds Geburtstagsfeier zu fahren. Anne würde auch nicht kommen. Erstens hatte Paul natürlich Dienst und konnte sich ausgerechnet an Ostern nicht frei nehmen, zweitens war unsere große Schwester mit ständigem Brechreiz geplagt, denn nun erwartete auch sie ihr erstes Kind. So blieb uns eine telefonische Gratulation und unserem Schwesterlein eine Feier mit Kollegen und Freunden. Unsere Eltern halfen beim Ausrichten des Ganzen, verzogen sich aber schon recht früh von der Feier und krochen bereits vor zweiundzwanzig Uhr todmüde in ihr Bett.

Am nächsten Abend riefen sie dann bei uns an und, oh Wunder, Vater war am Apparat, um von Hiltruds Fest Bericht zu erstatten. „Das verlief gestern Abend in ausgesprochen angenehmer Atmosphäre und ganz ohne eklige Sauferei oder ähnlichen Unsinn. Wann das Ganze zu Ende war, wissen wir gar nicht, wir haben nichts gehört. Da alle Gäste aus der Umgebung oder dem Dorf kamen, hatten wir auch keine Einquartierung. Mutter hat dann heute Morgen, recht spät für unsere Verhältnisse, einige Brötchen aufgebacken, die sie am Samstag am Bäckerauto geholt hatte, das seit einigen Monaten zweimal in der Woche ins Dorf kommt. Plötzlich rumorte es in Hiltruds Zimmer und dann kam sie die Treppe herunter, Hand in Hand mit Karl. Die waren kein bisschen verlegen, die haben beide gestrahlt und uns vergnügt begrüßt. Ich habe ja mit Vielem gerechnet in dieser Welt, aber damit auf keinen Fall. Karl geht's nun wieder gut, ich sag's ja immer, alles kommt wieder."

So hatte also auch unser Küken seine Zukunft gewonnen. Und Karl war über seinen Kummer endgültig hinweg. Vater hatte es sich natürlich nicht nehmen lassen, den Schwarzwälder Biermännern und uns in Hannover diese neueste Entwicklung in der Familie mitzuteilen.

Aufbauzeiten

Unser Alltag als junge Familie spielte sich sehr schnell ein. Roland war ein zufriedenes Kerlchen, das zwischen den bald fest regelbaren Stillzeiten entweder satt und erschöpft schlief oder die Restzeit bis zur nächsten Mahlzeit damit verbrachte, aufmerksam seine Umgebung zu beobachten. Wir hatten einen gerade neu auf den Markt gekommenen Kinderwagen gekauft, von dem der Liegekasten leicht abgenommen werden und nun als Tragetasche dienen konnte. Zudem war schon ein zweiter Aufsatz mit dabei, der dann später den Wagen zum Sportwagen werden ließ. Der zweitürige Käfer war jetzt unpraktisch eng und auch langsam technisch anfällig geworden. Onkel Walter bot uns an, über seinen Mitarbeiterrabatt ein neues Auto zu beschaffen. Das bedeutete, es würde wieder ein VW werden müssen. Der Typ 3 Variant hätte uns fast alles geboten, was wir brauchten; lediglich dass er außer der großen Heckklappe auch nur zwei Türen besaß, gefiel Kirsten weniger. Mit dem Kinderwagenaufsatz wäre da weiterhin Krabbeln angesagt. Mein praktischer Onkel begriff sofort das Problem und hatte eine perfekte Lösung. Weil er und Tante Irmela sich entschlossen hatten, einen für damalige Begriffe umfassend ausgestatteten edlen Camping-VW-Bus mit Hubdach anzuschaffen, bot er uns seinen zweijährigen Bulli für einen echten Freundschaftspreis zum Kauf an. Unseren alten Käfer übernahm er bis zur

Lieferung des Wiedenbrücker Edelfabrikats zur Überbrückung.

Langsam wurde es nun auch Zeit, dass wir uns in Varel und Umgebung nach einer Bleibe umsahen. Kirsten hatte nach der Babypause nicht wieder zu arbeiten begonnen, sondern gekündigt. Also blieb es dabei, sie wollte vorerst „Hausmütterchen" bleiben. Das zweite Schulhalbjahr, in dem ich nun die Gewerbelehrer-Planstelle in Varel übernehmen würde, begann damals nach den Herbstferien. Wir nutzten deshalb die Sommerferien, uns gleich bei Kirstens Eltern einige Zeit einzuquartieren und auf Wohnungssuche zu gehen. Ich hatte aus festen Spanngurten an die Lehne der Mittelbank unseres Bulli solide Befestigungen für den Kinderwagenaufsatz montiert. So konnten wir verschiedene Ausflüge in die Gegend um Varel herum unternehmen. Gleich am zweiten Tag, einem Freitag, gerieten wir nachmittags auf der Bundesstraße Richtung Weser in einen Stau, den sichtlich ein Unfall verursacht hatte. Auf gut Glück bog Kirsten, die am Steuer saß, in ein kleines Seitensträßchen ab. Wir hofften, dass sich irgendwie ein brauchbarer Umweg finden lassen würde. Einige hundert Meter ins Marschenland hinein sahen wir plötzlich ein schmuckes Ziegelhaus mit einem recht großen Nebengebäude, vor dem gerade ein graubärtiger Mann in Latzhose einen Pfosten mit einem großen Schild in den Boden schlug, auf dem zu lesen stand: „Zu verkaufen oder zu vermieten."

Kirsten hielt sofort an, musste jedoch noch einige Meter zurücksetzen, um neben dem Schild endgültig zum Stehen zu kommen. Gerade zündete sich der bärtige Mann seine Pfeife an und beschaute zufrieden sein Werk. Ich öffnete die Doppeltür hinten, damit wir unser Männlein hören konnten, und sprach den guten Mann an. „Ja, dann kommt mal, Setzt euch hier auf die Bank und lasst uns schnacken." Er konnte mühelos ordentlich Hochdeutsch sprechen, seine Muttersprache war das aber sicher nicht. Wir bekundeten nun unser Interesse an der Immobilie. „Lasst mich meine Piep schmöken und erzählt mir, warum ihr hier in der Gegend wohnen wollt. Dann zeige ich euch alles. Und später reden wir dann vom Geld, wenn euch unser Häuschen gefällt." Also erfuhr er, dass ich ab Oktober an der Berufsschule in Varel beschäftigt sei, und dass Kirsten Hausfrau und Mutter bleiben wolle. „Dat is moi!" Spontan verfiel er ins Plattdeutsche. „Ich bin Jürgen Meyer, und wir wohnen auf der anderen Straßenseite dort auf dem Hof. Wir haben noch einige Pferde, wir züchten selbst Hannoveraner. Aber sonst ist die Landwirtschaft schon lange dicht. Schwiegervater war der letzte Bauer. Ich arbeite bei einer größeren Bank in Oldenburg als Direktor." Er lachte. „Bin ich zu Hause, sieht man das nicht. Und das ist gut so. Das Haus hier war bis Juni bewohnt. Nun ist es bei unserer Immobilienabteilung seit heute früh auch im Angebot."

72

Die folgende Führung durch das Haus und das Nebengebäude verstärkte mein Interesse ganz intensiv. Und Kirstens Augen verrieten mir, sie hatte richtig Feuer gefangen. Ich hatte unseren Kleinen in der Tragekiste mit durchs Haus getragen, und er schlief bis zum Schluss des Rundganges den Schlaf der Unschuld. Als wir uns wieder auf die Bank setzten, meldete er pünktlich seinen Hunger. Kirsten fragte: „Herr Meyer, stört es sie, wenn ich den Jungen jetzt stille?" „Erstens: Ich heiße Jürgen, und hier sagt Jedermann zu Jedermann Du. Zweitens: Was gibt es Schöneres als ein Kind, das von seiner Mutter gestillt wird anstatt eine Flasche in den Rachen gestopft zu bekommen. Also still mal schön. Drittens: Wie heißt ihr drei denn nun eigentlich?" Also vermeldete ich brav, wir seien die Familie Hahn, das kleine Hähnchen der Roland, und wir beide Kirsten und Hartmut. „Und so, wie du schnackst, bist du aus Hessen oder Rheinland-Pfalz. Und du Kirsten bist ´ne Hiesige." „Das stimmt, mein Vater ist in Jever Braumeister." „Der Hinrichs, der Reinders oder der Jansen?" Nun mussten wir alle Drei lachen, und Kirsten erklärte, dass Enno Reinders ihr Vater sei. „Woher kennst du die drei Braumeister?" „Wir sind doch eine der beiden Hausbanken der Brauerei, da kennt man den ganzen Vorstand, nicht nur die Geldheinis, sondern auch die Panscher. So, nun hast du deinen Bengel ja gleich satt, jetzt reden wir mal vom Geschäft."

In seiner typischen Redeweise kam dann: „Erstens: habt ihr Lust, hier einzuziehen? Zweitens: wollt ihr mieten oder kaufen? Und drittens: ich sage euch jetzt, was der Spaß kosten soll." Nachdem Kirsten und ich uns kurz mit den Augen verständigt hatten, bekundete ich unser heftiges Interesse und meinte, wir müssten wohl mieten, zum Kauf fehlten uns schließlich jegliche Ersparnisse. „Du bist bereits Beamter auf Probe, du hast ein festes Einkommen, du kannst einen Kauf steuerlich geltend machen. Er gibt zwei Modelle, die fast gleich teuer für euch werden." Dann nannte er uns eine Miethöhe, die uns durchaus genügend Geld zum Leben lassen würde. Ich wollte gerade darauf eingehen, da unterbrach er mich und rechnete uns anhand des geforderten Kaufpreises, kalkuliert sogar einschließlich eines knappen Hektars Weideland direkt am Haus, eine Finanzierung durch seine Bank vor, die uns unter dem Strich dank ersparter Steuer monatlich gerade einmal 30 DM mehr kosten würde, als die genannte Miete.

Die Vorstellung, sofort als Hauseigentümer - wenn auch recht kräftig verschuldet - hier auf diesem traumhaften Flecken Erde leben zu können, war so verlockend, dass wir uns wieder nur per Blick absprachen, und ich ihm dann sofort mitteilte, wir wollten die Sache gerne als Käufer angehen. Wir lernten nun Jürgens Frau Hilke kennen, unterschrieben einen Vorvertrag, fotografierten „unser" Haus von allen Seiten und machten uns dann auf den Rückweg nach Jever. Der folgenden Nacht verdanken wir dann wohl unser zweites Kind. Das war so nicht geplant, wir dachten, stillende Mütter werden nicht schwanger. Wir waren aber über diesen Irrtum nicht unglücklich.

Nun mussten wir zuerst einmal über die Ferienwochen vorwiegend im Norden bleiben. Die Finanzierung musste in Oldenburg geregelt und mit Meyers der notarielle Kaufvertrag geschlossen werden. Dank Jürgens Beziehungen war alles bis zum Ferienende geregelt. Im September war dann der letzte Unterrichtsbesuch durch Seminarprofessor, Schulleiter und Mentor im Holzfach, Mathematik war schon erledigt. Vier Tage vor den Herbstferien kamen die Ernennung zum Anwärter und die endgültige Zuweisung zur Berufsschule in Varel. Der Umzug war etwas aufwändig, da wir unsere Einrichtung teilweise aus dem Vogelsberg, teilweise aus Jever und nicht zuletzt aus Hannover zusammenholen mussten. Die Sitzbänke bauten mein Onkel und ich aus dem Bulli heraus, fertig war der Möbelwagen. Ich holte dann die Möbel, die wir von den Wackersteiner Eltern vererbt bekamen, in unser Haus, schaffte sie mit Jürgens Hilfe dort hinein und fuhr dann weiter nach Jever, um auch dort zu laden, was Kirstens Eltern uns angeboten hatten. Kirsten blieb so lange mit dem Kleinen in Hannover. Meine Kenntnisse der Tischlerarbeit halfen mir beim Ab- und Aufbau der Möbel. Da die gebrauchten Sachen durchweg in gutem Zustand waren, hatten wir kaum Bedarf, Neues anzuschaffen. Wenigstens nicht vorerst.

Als ich dann mit den wieder eingebauten Sitzbänken, meiner Frau, unserem Sohn und allem Hannoveraner Gut in der Wesermarsch ankam, staunten wir nicht schlecht. Rund um die Haustür war eine Girlande befestigt, die mit bunten Papierrosen garniert war, und oben darüber hing ein hübsches Schild: „Herzlich Willkommen". Natürlich begriffen wir sofort, dass nun eine Einladung für unsere Nachbarn fällig war, das hat uns aber auch richtig Freude gemacht. Außer den Meyers lebten in unserer Nähe - mehr als jeweils 100 m entfernt - noch drei Familien, zur Linken die Bauernfamilie Brüning und rechts die ebenfalls Landwirtschaft betreibende Familie Pape sowie das schon recht betagte, aber sichtlich noch ganz gesunde Ehepaar Eilers in seinem kleinen „Köterhaus".

Vom 1. April bis 30. November 1966 und wiederum vom 1. Dezember 1966 bis 31. Juli 1967 wurden dann zwei Kurzschuljahre durchgeführt, um den Beginn des jeweiligen Schuljahres von Ostern auf den ersten Tag nach den Sommerferien zu verschieben. Trotz dieser Enge im Unterrichtsbetrieb konnte ich, bis am 19. April 1966 unsere Anke zur Welt gekommen war und die anschließend für meine Kirsten naturgemäß recht arbeitsintensive Zeit mit zwei Kleinkindern allmählich in ruhigere Bahnen kam, ihr einige Arbeit vor allem mit Roland abnehmen. Das war sogar ein guter Ausgleich für den zusätzlichen Stress in der Schule.

Ich machte mich auch daran, die wenigen noch notwendigen kleinen Renovierungen am Haus zu erledigen und das Nebengebäude sinnvoll nutzbar zu machen. Der höhere Gebäudeteil war eine kleine Scheune, der etwas niedrigere Teil des Gebäudes war ursprünglich einmal Stall für allerlei Kleinvieh gewesen. Jürgen erzählte, noch einige Jahre zu Zeiten seines Schwiegervaters, des letzen Landwirtes auf der Hofstelle, habe das Anwesen der ebenfalls letzten Melkerfamilie, die sieben Kinder hatte, zur Verfügung gestanden. Die habe selbst auf dem nun uns überschriebenen Grundstück einige Schafe und Ziegen gehalten. Auch Hühner habe es gegeben, der ehemalige hölzerne Hühnerstall sei aber wegen morscher Verkleidung abgerissen worden.

Drüben auf dem Hof der Meyers gab es seit einigen Jahren im ehemaligen großen Kuhstall und in der Wagenremise zwei schmucke Ferienwohnungen. Hilke, die eine Zulassung als Reitlehrerin besaß, quartierte dort in deutschen Schulferienzeiten Familien ein, deren Kinder auf ihrem großen hausnahen Reitplatz von ihr unterrichtet wurden. Zuerst hätten sie vorgehabt, unser Haus auch für Feriengäste umzubauen, aber für eine Gastfamilie sei es viel zu groß und für zwei oder gar drei nicht sinnvoll aufzuteilen gewesen. Deshalb hätten sie den Verkauf als bessere Lösung für das Haus gesehen, in dem zuvor ihre älteste Tochter Christiane mit ihrem Mann, auch einem Bankmenschen, und ihren vier Kindern gewohnt hätte. Die hätten sich nun arbeitsplatznah ein geeignetes Haus kaufen können.

Hilke hatte an unseren beiden Kleinen eine große Freude und kam oft nach der allmorgendlichen Arbeit bei den Pferden auf einen Kaffee zu Kirsten herüber. Da die vier Enkel nun doch fast vierzig Kilometer weit weg gezogen waren und weitere fünf bei Osnabrück und in Ostfriesland lebten, spielte sie recht gerne bei unseren Beiden die Ersatzoma. Eines Nachmittags zeigte mir Kirsten eine maßstabsgenaue Zeichnung eines von ihr ersonnenen Umbaus unseres Stalles zu einer tollen großen Ferienwohnung. Auf die Idee hatte sie Hilke gebracht, aber der Grundriss und die aufgezeichneten Ausstattungsgedanken waren in ihrem Kopf entstanden. Ich fand den Gedanken hervorragend, zweifelte aber an der Finanzierbarkeit. Doch auch darum hatte sich meine bessere Hälfte unter kompetenter Beratung durch Meyers bereits gekümmert. Sie müsse sich mit einem touristischen Kleingewerbe selbstständig machen. Das wäre dann die Voraussetzung dafür, vom Land Niedersachsen eine Anschubförderung zu erhalten, die es derzeit vorübergehend für entsprechende touristische Kleinunternehmer in der Startphase vorgesehen habe. Nur in den Küstenregionen und im Harz seien die zu bekommen.

Kirsten hatte Zahlen und wollte nun von mir wissen, ob ich den Umbau mit ihr und einigen Helfern zusammen bewerkstelligen könne, und was das dann wohl etwa kosten würde. Selbst bei recht hoch kalkulierten Kosten würden wir durch unsere Eigenleistungen, soweit ich das jetzt überblicken konnte, die Fördermittel nur knapp überschreiten. Außerdem: ein kleines Sparkonto für unvorhergesehene Baumaßnahmen hatten wir auch schon anlegen können. Also entschlossen wir uns zum Einstieg in diese neue Aufgabe. Kirsten hatte sich überlegt, für die Buchführung die Hilfe ihrer Schwester Maike in Anspruch zu nehmen, in der Kanzlei Bohlen arbeitete seit Kurzem auch ein Steuerberater mit.

Unser Bulli wurde nun vorübergehend zum Fünfsitzer, und die hintere Abteilung zur Ladefläche für Baumaterial. Um unser schönes Auto zu schützen, schreinerte ich eine Art Wanne aus Verschalungsbrettern in diesen Laderaum hinein, den ich mit sechs Schrauben jederzeit ausbauen konnte. Bis es richtig kalt draußen wurde, war der Stallausbau - bei mir natürlich hauptsächlich mit diversem Holz - schon so weit fortgeschritten, dass ein Vareler Heizungsbauer, der mit Jürgen Meyer verwandt war, im Handumdrehen die von ihm vor wenigen Jahren eingerichtete Hausheizung dort hinein erweitern konnte. Zum Glück reichte deren Kapazität locker für diese Mehrbelastung aus. Besonders gefiel uns die Lösung, statt der alten Stallfenster moderne stilgerechte Fenster einbauen zu können, für die es keine neuen Wanddurchbrüche geben musste. Lediglich auf der Rückseite im Wohnraum entstand eine breite voll verglaste, aber trotzdem im Stil passende Terrassentür, zu deren Einbau ich den alten Türdurchbruch auf das

Dreifache verbreitern und mit einem neuen Stahlsturz stabilisieren musste.

Irgendwann während der Bauzeit stand morgens plötzlich der zweiundsiebzigjährige Nachbar Gerd Eilers im Blaumann und mit einer großen Werkzeugkiste in der Tür und vermeldete: „Die ganze Elektroinstallation mache ich. Mein Gewerbe ist noch angemeldet. Ihr zahlt das Material, arbeiten tu ich aus Freundschaft." Je nach Kraft und Lust kam er dann täglich für vier bis sechs Stunden herüber und verkabelte die ganze Wohnung perfekt nach den modernsten Vorschriften. Über Winter war dann die Fertigstellung der vier Stuben, einer hübschen Küche und eines für damalige Zeiten hochmodernen Duschbads kein großes Problem mehr.

Bereits in den Osterferien waren die ersten Gäste in der Wohnung, für die uns Kirstens Schwester Greta gesorgt hatte. Das war ein Kollege ihres Mannes mit seiner Frau und seinen fünf Söhnen. Hilke hatte gut zu tun, die ganze Rasselbande auf dem Reitplatz zu betreuen. Und wir hatten tatsächlich nur die Fördermittel verbraucht, so dass wir mit den ersten Einnahmen und unseren Ersparnissen ein ordentliches neues Auto für Kirstens Kleinunternehmen anschaffen konnten, einen schicken roten Opel Rekord C mit vier Türen. Wenn ich also nicht mit dem Fahrrad zur Schule konnte oder wollte, sondern den Bulli mit hatte, war Kirsten nun perfekt mobil, mit den Kindern eine tolle Sache.

Die erste größere Reise mit diesem PKW führte uns nach Wackerstein zur Hochzeit meiner Schwester Hiltrud mit meinem Freund Karl. Es war eine große Freude, meine ganze Familie wieder einmal beisammen zu sehen. Seit Ankes Taufe waren wir uns nicht mehr begegnet. Es war aber bereits sichtbar, dass uns ein nächstes Familientreffen in den Schwarzwald führen würde, Anne war im sechsten Monat schwanger. Alles kommt wieder.

Engagement

Eine Erweiterung unseres Tourismusangebots ereignete sich noch im gleichen Jahr. Kirstens Schwester Maike war mit ihrer Familie im Mai für zwei Wochen im Bohlenhof nahe Schleswig in Urlaub gewesen. Dieser wurde von Olafs älterem Bruder Jens bewirtschaftet, der mit seiner Frau Anja bereits seit mehreren Jahren „Ferien auf dem Bauernhof" anbot. Maikes Söhne Jost und Cord waren noch nicht schulpflichtig, so konnten sie die Nebensaison - der Begriff kam damals auf - für ihren dortigen Urlaubsaufenthalt nutzen. Eine der beiden Ferienwohnungen war zu dieser Zeit nicht anderweitig vermietet. Jens hielt für die Feriengäste geeignete Tiere, kleine Ziegen, zwei Hunde, einige Katzen und vor allem Shetlandponys. Und in diese kleinen Pferdchen hatten sich die beiden Jungs rettungslos verliebt. Hätten die Jeveraner Rechtsanwälte nicht ihr Haus in der Mitte der Stadt stehen gehabt, nur mit einem kleinen Garten dahinter, wäre wohl sofort ein Handel mit der Verwandtschaft entstanden, und zwei Pferdchen hätten die Besitzer gewechselt. So aber ging das natürlich nicht. Die enttäuschten Knäblein grübelten auf dem Weg nach Hause, ob sie nicht doch irgendwie zu ihren Ponys kommen könnten. Auf der Elbfähre kam Jost dann der zündende Gedanke: „Und wenn wir Tante Kirsten fragen, ob die Ponys bei ihr leben können? Dort ist doch die große Weide. Onkel Hartmut baut bestimmt einen schönen Stall. Und dann können wir immer unsere Pferde besuchen, das ist ja nicht so weit weg."

Meine kluge Frau erkannte sofort eine Möglichkeit, auch unseren kleinen Feriengästen ein weiteres Angebot zu machen. Und mich brauchte sie auch nicht zu überreden. Dass ich schon über eine bessere Nutzung unseres Weidelandes nachgedacht hatte, wusste sie ja. So kamen wir schnell mit beiden Familien Bohlen überein, zwei kleine Stuten namens „Liese" und „Lotte" zu übernehmen. Da wir auch einen Nutzen haben wollten, teilten wir uns die Kosten mit Maike und Olaf hälftig auf. Das hintere Drittel des Scheunenteils unseres Nebengebäudes wurde sorgfältig abgeteilt, das rückwärtige Tor wieder ordentlich gangbar gemacht und die beiden alten Fenster links und rechts neben diesem Tor durch passende im Stil der Ferienwohnungsfenster ersetzt. Dann lieh sich Olaf von Jürgen und Hilke deren kleineren Pferdeanhänger, spannte seinen Landrover, sein Lieblingsspielzeug, davor und holte die beiden Pferdchen zu uns herüber. Anja verabschiedete ihn mit der Mitteilung: „Die Lotte hatte schon ein Fohlen, das bleibt hier. Die Liese ist zwar vor einiger Zeit von einem unserer Hengstchen mehrfach gedeckt worden, aber es gibt keine Anzeichen einer Trächtigkeit."

Drei Wochen später war dann unmissverständlich klar, die kleine Fuchsstute war doch trächtig. Da wir in der Nachbarschaft unsere zuchterfahrenen Meyers wussten, war uns vor dem Abfohlen und der Aufzucht eines

Fohlens nicht bange. Dass mit diesem ersten Fohlen der Grundstein für eine kleine aber feine Shetlandponyzucht gelegt wurde, hätten wir damals nicht gedacht. Bis in die Neunziger Jahre, als ein Überangebot an Shetys es ratsam erscheinen ließ, aufzuhören und den noch vorhandenen Tieren das Gnadenbrot zu geben, haben wir jährlich zwei bis drei Fohlen verkauft. Jetzt habe ich noch zwei alte Hengste auf der Weide, die bis heute gesund und munter sind. Bohlens in Schleswig-Holstein und wir haben schließlich unsere Herden so aufgeteilt, dass dort alle Stuten verblieben und bei uns die damals fünf Hengste, vier von dort und unserer. Dort ist halt viel mehr Platz für die anfangs insgesamt zweiundzwanzig Stuten gewesen, vier davon von uns. Ehrlicher Tausch.

Kirstens Ferienangebote kamen wie die der Familie Meyer unter das Dach des neu gegründeten Tourismusbüros unserer Gemeinde. Das half dazu, sowohl in der Hauptsaison, wenn in deutschen Landen Schulferien waren, als auch in der Nebensaison die Wohnungen belegt zu haben. Und mit einer ordentlich bezahlten Zugehfrau, die ihr in unserem Haus wie in der Ferienwohnung die Reinigungsarbeiten abnahm, war das Geschäft keine Last. Kirsten verdiente damit jährlich fast das Gleiche wie ich mit meinem Lehrergehalt. So kam mir irgendwann der Gedanke, unseren Bulli durch einen neuen zu ersetzen. Wieder einmal erwies sich meine gescheite Hexe als die Weitsichtige: „Wir können uns gerne ein modernes Fahrzeug anschaffen, aber den Bulli behalten wir. Irgendwann ist er mal ein Vermögen wert, wenn du ihn nur weiterhin so pflegst wie bisher." Als wir ihn im Januar 2013 als fünfzigjährigen Oldtimer mit Originalmotor, Originalausstattung und fast neuwertig wirkender Originallackierung schließlich doch verkauft haben, hat uns ein Sammler, der ihn für sein Automuseum haben wollte, vierzigtausend Euro dafür bezahlt! Kirsten meinte lachend: „Onkel Walter wird auf seiner Wolke ein Extraharfenkonzert geben."

Etwa ein Jahr nach Ankes Geburt kam Kisten ziemlich niedergeschlagen von einem Kontrollbesuch bei ihrem Frauenarzt zurück. Ihr netter und umsichtiger Arzt hatte einen bleibenden Gebärmuttervorfall und eine Überdehnung der Mutterbänder diagnostiziert. So riet er uns, nicht mit einer weiteren Schwangerschaft Kirstens Gesundheit zu riskieren. Sie hatte sich zwar sofort nach der Geburt die damals gerade als neue sichere Verhütungsmethode bekannt gewordene Antibabypille verschreiben lassen, war aber über diese endgültige Einschränkung ihres Wunsches, Mutter von mindestens drei Kindern zu werden, recht betrübt. Im Spätsommer hatten wir dann eine Familie mit vier Kindern aus dem Rheinland als Gäste in der Ferienwohnung. Uns fiel sofort auf, dass die Zwillinge weder ihren Schwestern noch auch ihren Eltern ähnlich sahen. Während diese Vier brünette oder rötliche Haare und eine sehr helle empfindliche Haut hatten, schimmerte die Haut der beiden Jungen wie Kupfer. Ihre Haare waren so schwarz wie die unserer Kinder und meiner Frau. Bereits am zweiten Tag klärte sich diese wundersame Tatsache. Bettina Weisflog erzählte Kirsten beiläufig, Rainer und Peter seien ihre Pflegesöhne und gab ihr erste Informationen zu den praktischen Erfordernissen für die Aufnahme von Pflegekindern.

Als wir dann am Abend alleine waren, und unsere beiden Kleinen in ihren Bettchen schliefen, äußerte Kirsten heftiges Interesse daran, in absehbarer Zeit auch ein Pflegekind oder vielleicht auch mehrere aufzunehmen. „Dann kann ich schließlich meinen Beruf zu Hause ausüben, das würde mich sehr reizen. Und Platz genug bietet unser Haus allemal." Widerstehe einer dem festen Entschluss seiner Frau! Ich muss aber sagen, ich wollte gar keinen Widerstand leisten, mit gefiel der Gedanke durchaus auch. Und die Zwillinge bewiesen uns, dass eine konsequente liebevolle Erziehung trotz schlechter Vorausbedingungen erfolgreich sein kann, eben auch bei Kindern aus schwierigsten Verhältnissen.

Wir ließen uns dann von Bettina und Michael Weisflog genau darüber unterrichten, welche Wege zum Pflegeelterndasein zu begehen seien. In zahlreichen Gesprächen, zuerst nur zwischen den Frauen und dann zwischen uns vier Erwachsenen, lernten wir jetzt eine ganze Menge über die Motivation der Weisflogs, über das Zustandekommen und die Rechtslage von Pflegeverhältnissen, die Erfahrung mit Jugendämtern, Herkunftsfamilie und Familiengericht, sowie die typischen Schwierigkeiten in der Erziehung. Gelegentlich dieser Gespräche entstand eine Freundschaft, die bis heute Bestand hat. Die Beiden kamen sogar zu Kirstens Beerdigung angereist, obwohl Michael schon einige gesundheitliche Probleme hat.

Nach der Abreise dieser Gastfamilie ließ uns das Thema nicht mehr los. Michael hatte geraten, wir sollten uns recht bald an unser Jugendamt wenden, bis zur tatsächlichen „Belegung" könnten viele Monate, sogar Jahre vergehen. Als es 1967 wieder normal geordnete Stundenpläne gab und die letzten Herbstgäste aus Bayern abgereist waren, gingen wir die Sache dann zielsicher an. Ein Anruf in der Kreisverwaltung führte zu einem ersten Kontakt mit dem zuständigen Sozialarbeiter, damals noch Fürsorger genannt, der uns dann auch in unserem Haus aufsuchte, alle relevanten Daten unseres Lebens aufnahm und uns versicherte, dass er stets bemüht sei, das jeweils passende Kind zu den passenden Pflegeeltern zu vermitteln. Was immer das heißen mochte.

Es wurde Anfang Januar 1969, bis uns dieser Sozialarbeiter an einem Mittwochnachmittag wieder aufsuchte. Ohne Umschweife fragte er uns, ob wir uns vorstellen könnten, einen Säugling in Pflege zu nehmen, ein Mädchen von gut vier Monaten. Das brauchte nicht viel Nachdenken. Diese kleine Sabine passte vortrefflich in die Altersstruktur unserer Familie. Dieses kleine Wesen sei als - selbstverständlich - nichteheliches Kind einer Fünfzehnjährigen aus unserem Landkreis, in

Oldenburg zur Welt gekommen, gezeugt vom knapp fünfzigjährigen Ehemann einer Nachbarin ihrer Familie. Sabine habe mit ihrer minderjährigen Mutter bisher in einem „Mutter-und-Kind-Heim" im Emsland gelebt und sei nunmehr, nachdem man die langfristige Überforderung dieser jungen Mutter klar erkannt habe, hochgradig „familienbedürftig".

Ein erster Kontakttermin wurde vereinbart. Unsere beiden Kinder quartierten wir bei Hilke Meyer ein, die diese Aufgabe mit großer Freude übernahm. Der Besuch im Mutter-und-Kind-Heim war für uns beide ziemlich aufwühlend. Die jungen Mütter wurden zwar offensichtlich aufmerksam und kompetent vom Personal mit ihrer Rolle vertraut gemacht, aber einige dieser Mütter in ihrer sichtbaren Gleichgültigkeit ihren Säuglingen gegenüber zu beobachten war für uns beide bedrückend. Sabines Mutter war eine bildhübsche chaotisch wirkende rotzfreche Jugendliche, die sichtlich erleichtert war, die Verantwortung für die Kleine bald los zu werden. Ob sie Sabine bei uns besuchen wolle, wisse sie noch nicht. Da uns der Sozialarbeiter begleitete, machte er sofort Nägel mit Köpfen, ließ uns den Säugling entgegen seiner Gewohnheit, wie er uns sagte, sofort übergeben und schien seinerseits erleichtert, dieses Problem so schnell erledigt zu haben. Hilke und Jürgen, der gerade nach Hause gekommen war, staunten nicht schlecht, als wir dann kurz vor der Dunkelheit zu dritt ankamen, um unsere Beiden nach Hause zu holen. Für die war das neue Schwesterchen ein Riesenereignis. Roland schwärmte: „Ist die süß!" und Anke war kaum ins Bett zu bekommen, sie wollte sie immer wieder betrachten.

Sabine war anfangs kein pflegeleichtes Kind. Nachts gab es in den ersten Wochen immer einmal wieder Schreiattacken, und bis sie in Ruhe und gleichmäßig ihre Flasche leer trank, dauerte es fast ein Vierteljahr. Kirsten hatte schnell herausgefunden, dass es am besten für die Kleine war, wenn sie sie täglich mehrere Stunden im Tragetuch mit sich herum trug, wie sie es auch mit den beiden „Großen" immer einmal gemacht hatte. Und oft fand ich sie, wenn ich von der Schule nach Hause kam, mit allen dreien zusammen auf unserem Bett, sie mit einem Buch, die Kinder fest schlafend. Mittagsruhe im Kuschelmodus.

Die folgenden Jahre verliefen in unverdient ruhigen Bahnen. Wir waren gesund, hatten eine rundum gesicherte Existenz und drei Kinder, die uns eine Menge Freude bereiteten. Sabines Mutter hatte ihre Andeutung wahr gemacht und die Kleine nicht ein einziges Mal besucht. Unser Sozialarbeiter schaute jährlich einmal vorbei, sprach mit uns über die Entwicklung unserer Pflegetochter und verfasste dann einen Kurzbericht, der zu unserer Freude immer sehr positiv ausfiel. Bei seinem letzten Besuch vor seinem Eintritt in den Ruhestand im Frühjahr 1974, Sabine war im August fünf Jahre alt geworden, fragte er uns unvermittelt, ob wir uns vorstellen könnten, die Kleine zu adoptieren. Ihre Mutter habe nach einigen Kapriolen sichtlich Fuß gefasst, lebe mit einem jungen Mann zusammen, der sie zu heiraten gedächte und einen durchaus guten Ruf habe. Ihr Lebensmittelpunkt sei nun in der Nähe von Göttingen, und sie wolle mit der Wesermarsch und ihrer Vergangenheit endgültig brechen. Sie habe vor wenigen Tagen die Freigabe Sabines zur Adoption unterschrieben. Unser Jugendamt sei aber nur dann bereit, die Adoption zu betreiben, wenn **wir** Sabine annehmen wollten, das Kind solle auf jeden Fall bei uns bleiben.

Kirsten strahlte. Wir hätten nie zu hoffen gewagt, dass es diese Möglichkeit für Sabine und uns geben könne. Oft genug aber hatten wir darüber gesprochen, dass dies wohl die auf Dauer beste Lösung wäre. Als sie dann ein gutes Jahr später eingeschult wurde, hieß sie Sabine Hahn. Da sie fast die gleiche Farbe der Haare und der Augen hat wie ich, kam im Dorf kein Mensch auf die Idee, sie könne nicht unser leibliches Kind sein. Unsere Drei waren unsere ganze Freude.

Um Sabine von Anfang an ihre Situation als unser Pflege- und dann erst recht Adoptivkind zur erfreulichen Selbstverständlichkeit zu machen, feierten wir Jahr für Jahr außer ihrem Geburtstag auch noch ihren „Holtag", den Tag also, an dem wir sie im Emsland aus dem Heim übernommen hatten. Sie sollte das keinesfalls von irgendjemandem irgendwann zu unpassender Zeit erfahren müssen und dann bitter enttäuscht werden, dass wir es ihr verheimlicht hätten.

Eine unserer Gastfamilien in diesem Sommer hatte uns ahnungslos eine unangenehme, wenn auch letztlich harmlose Darminfektion ins Haus gebracht. Die Kinder und ich waren nach wenigen Ferientagen damit durch, Kirsten brauchte zwei, drei Tage länger. Gegen Ende September stand dann fest, sie war doch noch einmal schwanger geworden. Wir lernten, die beste und regelmäßig eingenommene Pille ist wirkungslos, wenn eine Durchfallerkrankung dazwischen kommt. Und ihr Frauenarzt meinte zu unserer großen Erleichterung, trotz der schwachen Mutterbänder sei sie körperlich so fit, dass wohl keine Gefahr für größere Probleme bestünde.

Unser treuer alter Bulli sollte nun nicht alleine die Verantwortung für die zukünftig kinderreiche Familie tragen. Also schauten wir umher, welches Fahrzeug wohl geeignet sei. Kirstens Opel benötigte ohnehin einen Nachfolger, er erwies sich als ziemlich rostanfällig in den Radläufen und unter dem Boden des Kofferraums. Gut, dass ich mir von unserem Reifenhändler eine jung gebrauchte Hebebühne hatte kaufen können, die ihm zu klein geworden war. So konnte ich dem Rost vorerst erfolgreich widerstehen. Bei einem Citroen-Händler in Oldenburg fanden wir einen (zufällig wieder roten) fast fabrikneuen ID 19 Break Familiale, einen Siebensitzer mit einem abnehmbaren Dachträger und zudem einer Anhängerkupplung. Unseren Opel Rekord nahm der

Händler sogar in Zahlung. Nun konnte der unerwartete Nachwuchs kommen, und ich beschloss, uns für die Shetys einen kleinen Pferde- und Kälber-Transport-Anhänger zu kaufen, den der Citroen locker ziehen konnte. Dass mit dem zweiten späteren Kultauto der Grundstein für meine kleine Oldtimersammlung gelegt würde, war damals noch nicht zu erkennen. Das ist heute der einzige alte Wagen, den ich nicht verkauft habe. Er wird auch brav regelmäßig bewegt. Da er noch mit dem sehr gepflegten Originalmotor läuft und keinen Rost hat, anders als fast alle seine „Brüder", dürfte er einen Liebhaberwert bei 25.000 Euro haben. Ankes Mann möchte ihn aber gerne behalten. Markus hilft mir bei der Fahrzeugpflege und fährt ihn ganz oft. Und unsere Enkel Lena, Falko und Cord liebten es, mitzufahren, bis sie das Schätzchen selbst fahren konnten. Jetzt wohnt nur noch Cord, der Nesthocker, zu Hause und bringt den alten Wagen immer einmal wieder zu Oldtimertreffen. Beim letzten hat er eine junge Dame kennen gelernt, die sichtlich Chancen hat, ihn aus dem Nest zu holen. Aber das gehört hier eigentlich noch nicht hin.

Nachdem nun fast jährlich eines unserer Kinder in der Deichschule im Dorf eingeschult worden war, hatten wir erheblich mehr Beziehungen in die Dorfgemeinschaft hinein entwickelt. Zuvor hatte uns unsere Nachbarschaft durchaus genügt. Kirsten war bei Sabines Einschulung bereits Elternschaftsvorsitzende, und mich überredeten einige Elternpaare unserer Generation, für den Rat der

Gemeinde zu kandidieren. Das brachte es mit sich, dass ich dann unversehens in die niedersächsische Gebietsreform hinein geriet, die Gründung der Gemeinde Jade mit verantwortete und auch an der Entstehung des endgültigen Landkreises Wesermarsch aktiv beteiligt war. Es erwies sich als Vorteil, dass ich im Nachbarkreis arbeitete und nur in Sachen Pflege und Adoption mit unserer Kreisverwaltung zu tun hatte.

Inzwischen hatte am 12. Mai 1976 unser viertes Kind Dieter in Windeseile das Licht der Welt erblickt. Wenn unsere Perle Hanna nicht gerade im Haus gewesen wäre und Kirsten mit den überraschend einsetzenden Wehen in unserer Familienkutsche sofort nach Varel ins Krankenhaus hätte fahren können, wäre der eilige junge Mann am Ende noch zu Hause und ohne jede Hebammenhilfe zur Welt gekommen. So ging alles in letzter Minute doch gut versorgt von statten. Natürlich hat auch er die schwarzen Haare seiner Mutter, dazu aber in seltener Zusammenstellung meine blaugrauen Augen.

Wachstum und Reife

Roland war nun schon einige Monate Schüler des Jade-Gymnasiums in Jaderberg. Wir hätten ihn zwar in Varel einschulen lassen können, waren aber wie die meisten betroffenen Eltern unserer Gemeinde eher geneigt, die erschwinglichen Geldleistungen als Mitglieder des Schulvereins aufzubringen und unsere Kinder in der „örtlichen" Privatschule anzumelden, deren Träger unser Verein ist. Dort war die nächste Umbau- und Erweiterungsmaßnahme fast vollendet, so schien eine problemarme Schulzeit unserer Kinder auf uns zu warten. Heute in der Rückschau kann ich bestätigen, dass dies die richtige Entscheidung war.

Roland und Anke waren pflegeleichte Schüler, bereits in der Deichschule und auch im Jade-Gymnasium. Dafür stellte uns unsere Sabine vor schwierige Aufgaben. Bereits im ersten Schuljahr, in das wir sie als „Kannkind" schon wenige Tage vor ihrem sechsten Geburtstag eingeschult hatten, war sie von Anfang an Klassenbeste, aufmerksam, lernbegierig und unglaublich fix. Ihre Lehrerin musste alle ihre Pädagogentricks aufwenden, um Sabine nicht in Langeweile und daraus folgende Lustlosigkeit abgleiten zu lassen. Sie schaffte das tatsächlich vier Jahre lang und entließ Sabine mit einem Wissensstand in das Gymnasium, mit dem sie ihren Klassenkameraden in vielen Dingen mindestens um zwei Jahre voraus war. In Erkenntnis dieser Besonderheit hatten wir einen Test mit ihr machen lassen und sie als

„hochbegabt" eingestuft bekommen. Da waren die verhältnismäßig kleinen Klassen in Jaderberg ein Segen. Zudem erhielt die Schule Fördermittel vom Land, um Sabine und einem älteren hochbegabten Jungen Sondermaßnahmen zu bieten.

Die intellektuelle Hochbegabung war aber nicht Sabines einzige Besonderheit. Sie hatte auch die Eigenschaften ihrer Mutter geerbt, bereits mit noch dreizehn Jahren frühreif zu einer außerordentlichen Schönheit zu erblühen und auf die zahlreichen jungen Männer ihrer Schule eine heftige erotische Ausstrahlung zu entfalten. Und das nicht nur auf die jungen Schüler. Auch die männlichen Lehrkräfte mussten sich teilweise recht bewusst zusammenreißen, um sich von ihr nicht um den Finger wickeln zu lassen. Wir sahen schnell, dass ihr Verhalten, dass alles andere als schüchtern war, von ihr selbst dringend in den Griff genommen werden musste. Wir hatten uns einige Tage seit dieser Erkenntnis Zeit gelassen, um in Ruhe ein Konzept zu entwickeln, da kam sie uns wenige Tage vor ihrem vierzehnten Geburtstag im Verlauf eines Gespräches, ob sie sich eine besondere Feier vorstelle, mit der Frage zuvor, ob nicht statt einer Party, auf die sie keine Lust habe, Tjark bei und mit ihr schlafen dürfe. Tjark, das wussten wir, war der zweite Hochbegabte. Durch die gemeinsamen Sonderstunden waren sie wohl einander näher gekommen, und der arme siebzehnjährige Kerl hätte ihren Reizen wohl kaum widerstehen können. Er wusste aber nichts von ihrem Plan.

Wieder einmal war es von großem Vorteil, dass wir eingedenk des Spezialunterrichtes meines Vaters unsere Kinder von Anfang an alles hatten wissen lassen, was mit Liebe und Sex zusammenhängt. Sonst hätte uns Sabine sicherlich nicht so unbefangen und offen gefragt. So konnten wir ihr auch klar machen, dass es durchaus juristische Hindernisse für eine solche Erlaubnis gäbe, dass wir aber zu Kompromissen bereit seien, wenn sie und Tjark sich darauf einstellen würden. Zu unserem Erstaunen kam sie uns sogar so weit entgegen, dass sie selbst vorschlug, bis zu ihrem sechzehnten Geburtstag abwarten zu wollen. Und sie begriff auch sehr schnell, dass sie viel dazu beitragen könne, Tjarks Verlangen in Grenzen zu halten und weniger auffällig durch die Schule zu kommen. Wir waren danach außerordentlich erstaunt, dass beide sichtlich diese auch vom inzwischen in Kenntnis gesetzten Tjark akzeptierte freiwillige Wartezeit durchgehalten und ihre Freundschaft nie in Zweifel gezogen haben. Sabine drehte ihre fordernden Verhaltensweisen insgesamt um Einiges zurück, und wir bewunderten und lobten sie wegen ihrer erstaunlichen Vernünftigkeit.

Natürlich machte sie dann ihre erste Nacht mit Tjark zu einem ordentlich zelebrierten Fest. Ihre älteren Geschwister hatten in unterschiedlicher Weise rücksichtsvoll organisiert, sich gar nicht zu Hause aufzuhalten. Es waren ja noch Ferien, da konnten sie in der Verwandtschaft unterkommen. Dieter war wieder einmal bei Meyers im Einsatz, bei einer fohlenden Stute Nachtwache zu halten. Jürgen ging es nicht so gut, da war der patente Junge eine ordentliche Hilfe für Hilke. Das Obergeschoss unseres Hauses hatte Sabine mit Herzluftballons dekoriert und Kirstens schönste Bettwäsche ausgewählt. Tjark, der inzwischen bereits nach vorgezogenem Abitur in Braunschweig Elektrotechnik studierte, kam mit der Bahn nach Rodenkirchen, wo ich ihn vom Bahnhof abholte. Seine Eltern im Bauernhof bei Ovelgönne hatten keine Ahnung, was da geplant war. Es war ihm ein wenig zu heikel, sie zu informieren. Er war sich nicht sicher, ob sie das nötige Verständnis aufbringen würden. Kirsten hatte mit Sabine bei ihrem Frauenarzt für eine möglichst sichere Verhütung gesorgt, nun stand unserer jungen Wilden nichts mehr im Weg. Es hätte uns bitter leid getan, wenn unser Frühbirnchen insgeheim in irgendeinem Gebüsch oder anderen Versteck ihre ersten sexuellen Erfahrungen gemacht hätte, so aber stand Vertrauen gegen Vertrauen.

Roland und Anke waren in Sachen anderes Geschlecht erheblich zurückhaltender als ihr erbbelastetes Schwesterlein. Unser Roland sah offensichtlich noch gar keinen Sinn darin, sich mit einem weiblichen Geschöpf näher zu beschäftigen, da war er so wie ich zu Anfang meiner Studienzeit. Alles kommt wieder. Da man meinen

Studiengang und ähnliche Ausbildungswege abgeschafft hatte, er aber unbedingt wie ich Berufsschullehrer werden wollte, hatte er ein Germanistik- und Politikstudium begonnen, das ihm freistellen würde, nach Abschluss in einem Gymnasium oder einer Berufsschule tätig zu werden. Wegen des ausgezeichneten Rufes der betreffenden Fachschaften in Göttingern hatte er sich dort um einen Studienplatz bemüht und war auch angenommen worden. Damit ging der Erste schon aus dem Haus. Er wohnte in einem Studentenwohnheim auf dem Campus und fuhr mit der Bahn, wenn er heim kam, dort vorwiegend mit seinem Fahrrad.

Anke führte seit mehreren Jahren einen losen Briefwechsel mit dem gleichaltrigen Markus aus Nürnberg, dem jüngsten Sohn jenes Arztkollegen von Kirstens Schwager, der schon mehrfach mit seiner Frau und seinen fünf Söhnen in unserer Ferienwohnung Urlaub gemacht hatte, und die einst unsere ersten Gäste gewesen waren. Beide waren Oldtimernarren, und beide entfalteten aktuell einen heftigen Ehrgeiz, ein gutes Abitur zu erreichen und dann Medizin zu studieren.

Unser Dieterlein besuchte unsere Deichschule mit dem gleichen Eifer wie seine großen Geschwister, liebte es aber, seine Nachmittage vorwiegend bei unseren Shetys oder auf Meyers Weide wie auch im Stall bei den Hannoveranern zuzubringen. Schon mit sieben Jahren hatte er Kirsten und mir zum ersten Mal bei einer schwierigen Fohlengeburt geholfen, ging auch Hilke immer wieder geschickt zur Hand und entwickelte schnell sein Talent zur Versorgung unserer kleinen und großen Pferde. Bereits bei der Anmeldung im Gymnasium in Jaderberg erklärte er seiner zukünftigen Klassenleiterin knapp und bestimmt, er werde einmal Tierarzt.

Ankes Abitur 1985 war eine recht spannende Angelegenheit. Sie hatte sich in drei wichtigen Fächern zwischen jeweils zwei Noten festgefahren, sonst war ihr Notenbild für die Aufnahme eines Medizinstudiums perfekt. Die Klassenkonferenz setzte für alle unsicheren Fächer eine mündliche Prüfung an, und mit bewundernswürdiger Nervenstärke schaffte sie den damaligen Numerus Clausus punktgenau. Mit dem Winterzeugnis, das die Bedingungen erfüllt hatte, hatte sie sich in der zentralen Vergabestelle um einen Studienplatz beworben, Markus schrieb ihr, dass auch er die Bewerbungsvoraussetzungen erfüllt habe und auf die Platzvergabe warte. Unserer Kenntnis nach war es dann das erste Ferngespräch, das Anke bis dahin je mit ihm geführt hatte, mit dem sie ihm mitteilte, sie habe einen Studienplatz in Hannover zugewiesen bekommen. Am anderen Ende herrschte wohl eine erstaunlich lange Zeit völlige Stille, dann berichtete der verblüffte junge Mann, ihm sei am gleichen Tag seine Studienplatzzuweisung zugegangen, ebenfalls nach Hannover.

Die Wohnungssuche dort war nicht ganz einfach, doch fand Markus als Erster für sich ein Zimmer in einer

Fünfer-WG, die ein ganzes Reihenendhäuschen am Stadtrand nahe einer Bushaltestelle belegt hatte. Markus fuhr sofort mit der Bahn nach Hannover, um das Zimmer vertraglich fest zu machen und sich zu immatrikulieren. Von dort rief er an und berichtete, in eben dieser WG sei gerade ein zweites Zimmer frei geworden, weil die Bewohnerin überraschend in ihre Heimatstadt Göttingen zurückgezogen sei, um dort ihr Studium zu beenden und nebenher ihren kranken Vater zu betreuen. „Anke, komm schnell, ich habe diesen Wohnplatz für dich reservieren lassen." Wir hatten schon, als Roland den Führerschein hatte, für die Familienjugend einen kleinen Peugeot gebraucht gekauft, mit dem Anke eine halbe Stunde nach Markus´ Anruf aufbrach, um diesen Mietvertrag zu unterschreiben und auch noch ihre Immatrikulation zu erledigen. Als sie am Abend zurück kam, saß Markus auf dem Beifahrersitz. Er wollte, wenn uns das recht wäre, gerne zwei oder drei Tage bei uns bleiben, in Rolands Zimmer nächtigen und dann von Rodenkirchen aus per Bahn die Heimreise antreten. Anke hatte ihm das vorgeschlagen.

Vergnügt berichteten die Beiden, das Reihenendhaus habe im Parterre eine Studentenbude, eine Gästetoilette und die große Gemeinschaftsküche. Im ersten Stock seien zwei Studentenzimmer, ein „fürstliches" Badezimmer für alle mit Dusche und Badewanne und unter dem Dach außer einer kleinen Toilette zwei „stinkgemütliche" Stuben, in die sie beide nun eingemietet seien. Während dieses Berichts schaute mich meine welterfahrene Frau bedeutungsvoll an, ließ sich aber wie auch ich weiter nicht anmerken, was wir dachten. Drei Tage später brachte Anke Markus dann an den Bahnhof in Rodenkirchen. Dieter, der für sein Leben gern mit Anke im Auto fuhr, die eine sehr sichere und ruhige Fahrerin geworden war, bat, mitfahren zu dürfen, was ihm die große Schwester gnädig gewährte. Als Kirsten ihm am Abend dann noch den obligatorischen Gutenachtkuss in sein Zimmer lieferte, flüsterte er ihr ins Ohr: „Auf dem Bahnsteig hat der Markus meine Anke ganz fest und lange geküsst. Ich habe im Auto gesessen und so getan, als ob ich nichts gesehen hätte. Bis Schwei war Anke noch ganz rot im Gesicht." Kirsten schloss sich seiner Verschwörung an und versprach, das nur mir zu sagen. Also erneut zwei Liebesleute in einer kleinen Hannoveraner Wohnung unter Dach, alles kommt wieder.

Wie Tjark bekam Sabine die Möglichkeit zum vorgezogenen Abitur, das sie mit Hilfe ihres fabelhaften Gedächtnisses und totaler Gelassenheit 1986 mit einem exzellenten Notendurchschnitt bestand. Bisher war Tjark mindestens zweimal monatlich zu Besuch gekommen, das gemeinsame Verlangen war doch sehr stark. Seinen Eltern und Geschwistern hatte er inzwischen seine Beziehung zu unserer kleinen Wilden gebeichtet. Sabine war daraufhin öfter im Bauernhof der Familie Wulff und half Tjarks Bruder Enno, dem Jungbauer, und dessen

Frau vor allem in der Zeit, als deren erstes Kind zur Welt kommen sollte, und erst recht in den ersten Wochen nach der Geburt.

Tjark hatte in Braunschweig eine flotte Karriere geschafft. Bereits Monate vor den Abschlussprüfungen seines Studiums arbeitete er teilzeitig in der Material-Testabteilung des Luftfahrtbundesamtes. Er hatte sich als Niederfrequenz-Elektrotechniker auf die bisher kaum behandelten Themen der Schwingungstechnik seltener Materialien spezialisiert und arbeitete bereits an einer Doktorarbeit über gefährliche Materialschwingungen, deren Ursachen und Abhilfen. Er verdiente mit seiner Nebenbeschäftigung so viel, dass er kurz vor Sabines Abitur eine hübsche Wohnung mieten konnte, in die unser hochbegabtes Kind nun mit einziehen konnte, um dort ihr Maschinenbaustudium zu beginnen. Sie wollte sich auf Materialstatik im Fahr- und Flugzeugbau spezialisieren, da war sie sich sicher. Sie könnten dann später beide im Luftfahrtbundesamt arbeiten. Ihren achtzehnten Geburtstag feierten wir zusammen mit Tjarks Familie. Am Wochenende darauf schafften sie ihre bereits gepackten Umzugskartons in den Transporter der Zimmerei, die Tjarks Schwester und sein Schwager gemeinsam führten, und unser „Sondermodell" reiste dann doch recht tränenreich in ihr neues Leben.

Weitere Neuanfänge

Mit unserem Jüngsten alleine fühlte sich Kirsten trotz ihrer kleinen Touristikfirma, ihres Hundes und ihrer Pferdchen irgendwie frei für neue Aufgaben. Ihre frühere Funktion als Elternratsvorsitzende der Deichschule hatte sie in den vier Jahren, in denen Dieter dort beschult wurde, erneut übernommen. Auch das war jetzt vorbei, und in Jaderberg gab es genügend tüchtige Eltern für solche Aufgaben. Ich hatte mich einige Jahre zuvor in den Vorstand des Schulträgervereins wählen lassen und hatte auch vor, diese Verantwortung weiterhin zu erfüllen. In mein politisches Mandat hatte ich mich nicht erneut wählen lassen.

Erstaunt war ich also nicht, als Kirsten feststellte, Dieter könne durchaus einige Pflegegeschwister verkraften, die könnten sogar nützlich dafür sein, ihn kein Einzelkindsyndrom entwickeln zu lassen. Diese Sorge hatten wir zwar nicht, aber Kirstens Gedanken hatten einiges für sich. So konnte sie wieder ihren erlernten Beruf zu Hause ausüben. Also meldeten wir uns, nach einem sorgfältig geführten Gespräch mit unserem Jüngsten, zu einem Besuch im Jugendamt der Wesermarsch an. Die zuständige Sozialarbeiterin des Pflegekinderdienstes hatte sich unsere alte Akte besorgt, erfragte alle Einzelheiten zu Sabines Werdegang, nahm unsere Antworten sichtlich befriedigt zur Kenntnis und verblüffte uns dann mit der Mitteilung, sie müsse ein Geschwisterpaar von fünf und drei Jahren dringend unterbringen, das gerade für einige Zeit in einer Bereitschaftspflegefamilie lebe. Die Mutter sei vor wenigen Wochen Opfer eines bösen Verkehrsunfalles geworden, die Kinder hätten das Ganze unverletzt überlebt, weil sie auf der Rückbank ordentlich in Kindersitzen angeschnallt gewesen seien. Der Vater sei bereits zwei Jahre vorher in die Türkei zurückgekehrt und habe sichtlich weder Lust noch die Mittel, sich um die beiden zu kümmern. Wir hatten von dem Unfall in der Zeitung gelesen. Hier nicht sofort zuzusagen wäre unverantwortlich gewesen. Aber wir machten uns nichts vor, da gab es sicherlich heftige Traumatisierungen zu bearbeiten.

Ein ausführliches Telefonat der Sozialarbeiterin mit der Bereitschaftspflegemutter erbrachte die Idee, dass diese uns die beiden Kinder am übernächsten Tag, einem Samstag, ins Haus bringen wolle. Als sie von unseren Ponys gehört hatte, sah sie nämlich eine Möglichkeit, mit deren Hilfe den Übergang zu uns zu erleichtern. Wie verabredet kam sie dann früh um kurz nach acht bei uns vorgefahren. Verschüchtert krochen die Beiden von ihren Sitzen. Die waren neu und vom Jugendamt angeschafft worden, weil die Vorgänger dem Unfall zum Opfer gefallen waren. Während ich diese Sitze aus dem Auto der Pflegemutter nahm, gingen die beiden Frauen mit den Kleinen und Dieter zu unseren Ponys, die auf dessen Zuruf eifrig angetrabt kamen. Wie erwartet war das Eis damit gebrochen. Die fünfjährige Leyla wollte sogar sogleich auf einem der Pferdchen reiten. Also holte Dieter einen unserer Kindersättel, schnallte ihn der ruhigsten Stute auf und zeigte der Kleinen, wie sie selbst aufsteigen könne. Dann führte er sie drei- oder viermal um unseren Abreitplatz. Nun hatte der kleine Tarkan gesehen, dass dieser Ritt gefahrlos war und ließ sich auch bereitwillig auf den Sattel heben und einige Runden führen.

Als sich die bisherige Pflegemutter verabschiedete, nahmen das die beiden Kinder als Gegebenheit hin und erkundeten nun zusammen mit Kirsten und Dieter unser ganzes Anwesen. Ganz zum Schluss eroberten sie das Haus. In den ersten Stock gingen wir dann alle fünf gemeinsam. Wir hatten den Kleinen die Zimmer der beiden Mädchen umgeräumt und soweit wie möglich kindgerecht eingerichtet. Tarkan widmete sich sofort der alten großen Playmobilkiste, die Dieter ihnen großmütig überlassen hatte. Und für Leyla waren die noch älteren Legosteine sofort das beliebteste Spielzeug. Ihre schöpferische Fantasie fiel uns sofort auf und hat uns, vor allem aber ihr, in der folgenden Zeit sehr geholfen, mit den immer wieder aufkommenden Erinnerungen an den Unfall allmählich zurechtzukommen. Es erwies sich auch als unerwartete Hilfe zur Aufarbeitung, dass alle unsere Kinder uns von Anfang an immer „Mutti" und „Vati" genannt hatten, wie Kirsten das aus ihrer Familie kannte. Die Kleinen nahmen Dieters Anrede sofort auf und vom ersten Tag an waren wir ihre Mutti und ihr Vati. Die

Erinnerung an ihre „Mama" blieb damit ein eigenständiges Gefühl ohne jede Konkurrenz durch uns.

Während wir uns behutsam an die Kleinen herantasteten und beglückt merkten, dass sie uns ganz schnell Liebe und Vertrauen schenken konnten, meldete sich eines Tages unsere Sozialarbeiterin zu einem kurzen Besuch an. Die Kleinen nahmen gar nicht wahr, dass sie ihretwegen gekommen war. Es war ein stürmischer und nasser Herbsttag, da hatten unsere Drei eine Menge in ihren Zimmern zu tun. Dieter quälte widerwillig einen Haufen englischer Vokabeln in sich hinein, Leyla errichtete mit Legosteinen eine Kirche mit einer hohen Turmspitze, offensichtlich ähnlich der Kirche im Atenser Friedhof, in der die Trauerfeier für ihre Mutter stattgefunden hatte. Tarkan lag auf seinem Spielteppich und sortierte sorgfältig thematisch die kleinen Teile, mit denen die Playmobilfigürchen bekleidet und ausgestattet werden. Seine Pedanterie bei solchen Tätigkeiten war verblüffend. Keines der drei Kinder blickte auch nur auf, als die Sozialarbeiterin in die Kinderzimmer schaute. Die war durchaus beeindruckt. Im Wohnzimmer übergab sie uns dann einen Brief des türkischen Erzeugers an seine Kinder. Wir lasen: „Meine lieben Kinder, wenn ihr groß seid, sollt ihr das hier lesen. Ich kann euch euer Vater nicht sein. Ich lebe für immer in der Türkei, habe hier geheiratet, ein Sohn ist schon geboren und ein zweites Kind unterwegs. Ich weiß, dass eure Mutter nicht mehr lebt, hoffe aber, dass die deutschen Behörden gut für euch sorgen. Habt ein gutes Leben, wünscht euch euer Vater Selahatin." Für ihn war die Sache damit erledigt. Und der Landkreis konnte keinen Unterhalt von ihm einklagen, weil das in der Türkei zwecklos gewesen wäre.

Kirsten und ich hatten keine Vorstellung gehabt, wie diese Kinder einer Nordenhamerin und eines Türken wohl aussehen mochten. Leyla hatte ein wenig zu viel Speck auf den Hüften. Kirsten vertraute auf ihre Küche und prophezeite, das werde bald anders. Die Haare der Kleinen waren hellblond wie die ihrer verstorbenen Mutter, sie hatte aber die tiefbraunen Augen ihres Vaters geerbt. Diese Zusammenstellung versprach eine aparte Erwachsene. Tarkan indessen kam wohl intensiv nach seinem Vater. Seine Haut war merklich dunkler als die seiner Schwester, seine Haare schwarz und die Augen auch tiefbraun. Nur die starken Wellen in seiner dichten Mähne erinnerten an die Frisur seiner Mutter, die wir auf Fotos gesehen hatten. Im Dorf gab es seit einiger Zeit einen Kindergarten, den Dieter als Erster der Familie noch ein Jahr vor der Einschulung hatte besuchen können. Für die beiden Kleinen war diese Einrichtung sehr nützlich. Leyla konnte direkt aufgenommen werden, und Tarkan, der Anfang Januar drei Jahre wurde, dann ab erstem Februartag. Die Traumatisierung war zwar immer einmal spürbar, vor allem bei Leyla, aber im Großen und Ganzen unproblematisch.

Eines Sonntags Ende Februar rief uns Hilke in heller Aufregung telefonisch um Hilfe. Jürgen sei gerade am Frühstückstisch vorneüber gekippt. Er wäre ansprechbar, könne selbst aber nicht richtig sprechen. Ich wählte sofort den Notruf und rannte dann über die Straße. Ich war mir sicher, dass es ein Schlaganfall war. Mit Hilkes Hilfe konnte ich Jürgen etwas aufrichten, hielt ihn dann fest und wartete auf den Rettungswagen. Er wurde erstversorgt, stabil auf der Trage gelagert und dann in Begleitung seiner Frau nach Varel ins Krankenhaus gebracht. Ich hatte ihr versprochen, wir würden uns um die Pferde kümmern und sie nach Hause holen, wenn sie uns entsprechende Nachricht gäbe. Ihre Kinder hatte sie schon informiert. Ihr Anruf etwa sieben Stunden später brachte dann die traurige Nachricht, Jürgen war diesem sehr schweren Schlaganfall erlegen, wenige Tage nach seinem achtundsiebzigsten Geburtstag. Holen brauchten wir Hilke dann nicht, alle drei Töchter waren mit ihren Männern herbeigekommen, hatten sogar ihren Vater noch bei Bewusstsein erlebt und Abschied nehmen können.

Nach Jürgens Beerdigung trennte sich Hilke sofort von ihren beiden letzten Stuten, das letzte Fohlen war schon kurz zuvor verkauft worden. Wir mussten dann mit einer gewissen Hilflosigkeit erleben, dass ihr jeder Lebensmut genommen war. Zu ihrem siebzigsten Geburtstag hatte ihre Tochter Silke sie auf ihren Hof nach Ostfriesland geholt und festgestellt, dass ihre Mutter nicht alleine im alten Gehöft bleiben durfte. Gemeinsam mit ihren

Schwestern überredete sie Hilke dann, zu ihr und ihrer Familie zu ziehen. Es fiel dieser zwar schwer, ihr Elternhaus zu verlassen, das sie gut fünfzig Jahre mit ihrem Jürgen geteilt hatte. Sie gab aber doch nach, und das erwies sich als sehr gut, denn sie lebte dort wieder richtig auf.

Der Mann ihrer Tochter Christiane, der wie einst Jürgen im Management einer Bank arbeitete, organisierte erfolgreich den Verkauf des ganzen Hofes und aller Ländereien. So kamen wir zu neuen Nachbarn. Wir kannten diese Familie aber schon, denn sie hatte schon zwei Mal in unserer Ferienwohnung Urlaub gemacht. Die junge Frau kam aus der Gastronomie und gedachte weiterhin die Ferienwohnungen zu betreiben. Dann konnte sie wie Kirsten bei ihren Kindern zu Hause bleiben. Ihr Mann hatte eine Richterstelle im Amtsgericht in Oldenburg übertragen bekommen und wollte zumindest in dieser Stadt in der Justiz bleiben. Wir mochten uns und erwarteten von beiden Seiten eine gute Nachbarschaft. Was gut passte: Ihre Tochter Susanne war in Leylas Alter und der kleine Peter etwas jünger als Tarkan.

Die Jahre 1987 bis 1990 verliefen in ungewöhnlich ruhigen Bahnen. Dieter war im Gymnasium trotz seiner Neigung, lieber Ponys als seine Hausaufgaben zu versorgen, ein recht guter Schüler. Unsere kleine Leyla war im zweiten Schuljahr und Tarkan sollte im Sommer

1991 ebenfalls eingeschult werden. Sein Kumpel Peter wurde als Kannkind auch angemeldet.

Kirsten und ich hatten beschlossen, unsere Silberhochzeit 1989 außer Haus zu feiern und im Nachbarort eine ordentliche und bezahlbare Festlichkeit bestellt. Alle unsere zahlreichen Geschwister kamen. Deren Kinder, soweit sie noch minderjährig waren, hatten wir mit eingeladen. Unser Junggeselle Roland und unsere Mädels mit ihren Gefährten waren schon einige Tage zuvor gekommen. Am Vorabend der großen Feier saßen wir, nachdem Leyla und Tarkan eingeschlafen waren, noch eine Weile zusammen. Sabine bat plötzlich um Gehör und verkündete, sie und Tjark wollten noch in diesem Jahr heiraten. Tjark habe ja sein Examen sehr gut bestanden, seine Doktorarbeit abgeliefert und warte nun auf sein Rigorosum. Und seit dem 1. August sei er nun fest angestellt. Letzteres war eine Überraschung, die wir erst zu dieser Gelegenheit erfahren sollten. Und sie habe nun gar keine Scheu, als Studentin schwanger zu werden. Die einzige andere in ihrer Fachschaft sei es ja schon, und es gäbe keine Probleme.

Von dieser Heidi hatte sie uns bei früheren Besuchen immer einmal erzählt. Doch stets war davon die Rede, dass Heidi überzeugter Single sei und die Meinung vertrat, als Ingenieurin hätte man keine Zeit für eine Familie. Kisten fragte deshalb, wie denn der Sinneswandel dieser Heidi zustande gekommen sei. „Das war so: Heidi und ich sind ja im gleichen Semester, sie ist nur schon dreiundzwanzig Jahre alt. Wir haben uns für dieses Sommersemester für eine Aufarbeitung unserer vergangenen Kurse und Seminare entschieden. Da gibt es einen Repetitor, den netten zweiten Assistenten unseres Lieblingsprofessors, der Wiederholungskurse anbietet und perfekt gestaltet. Dieser Doktor Spieker ist schon einiges über Dreißig. Nach der letzten Stunde seines Kurses lud er uns alle zwölf Teilnehmer zu einem Abendessen in ein gemütliches Altstadtlokal. Heidi und er hatten während des Repetitoriums immer einmal wieder heftig diskutiert. Er beendete diese Diskussionen dann gerne mit der lächelnd vorgetragenen Behauptung, da sehe man wieder, dass Maschinenbau kein Fach für Frauen sei. An diesem Abend saßen sie nebeneinander, und die Kabbelei ging hin und her. Als wir uns dann dankend verabschiedeten, bot er Heidi an, sie mit seinem Porsche bis vor ihre Haustür mitzunehmen, sie wohne ja an seinem Weg. Ich war erstaunt, dass er das wusste. Als er Heidi dann bei ihrer Wohnung absetzen wollte, fragte sie ihn, ob er noch eine Tasse Morgenkaffee bei ihr trinken wolle, es sei ja schon nach Mitternacht. Heidi hat mir dann später berichtet, er habe seinen Morgenkaffee auch tatsächlich bekommen, etwa um zehn Uhr. Und was zwischendrin passiert sei, hätte erfolgreicher nicht sein können. Jetzt sei sie halt schwanger und auf dem besten Weg, Frau Spieker zu werden."

Dieter ist seinem Plan treu geblieben und hat mit überraschender Energie ein gutes Abiturzeugnis erreicht, seinen Zivildienst beim Tiernotdienst in Wilhelmshaven erledigt und ohne Probleme einen Studienplatz an der tiermedizinischen Fakultät in Hannover bekommen. Vorsorglich hatte er sich auch für Gießen beworben, aber die Zentrale konnte ihm den Erstwunsch erfüllen. Anke hatte sich nach einem Zimmer umgeschaut und ein bezahlbares in einem kleinen Haus in der Nordstadt gefunden. Unsere Mediziner hatten inzwischen das kaum Denkbare geschafft, 1992 zu heiraten, 1993 ein erstes Kind in die Welt zu setzen und auch noch erfolgreich ihr Studium zu beenden. Die kleine Lena hatte so manche Veranstaltung im Tragetuch am Körper ihrer Mutter, zuweilen auch ihres Vaters, miterlebt, bis sich eine dauerhafte Tagesmutterlösung hatte finden lassen. Beide hatten in Hannoverschen Kliniken Praktikantenstellen gefunden, standen nun finanziell auf eigenen Beinen und waren glücklich, dass ihnen eben jenes Häuschen, in dem Dieters Studentenbude war, als Ganzes zur Miete angeboten wurde. Die betagte Eigentümerin war zu ihrer Tochter nach Peine verzogen, wenige Wochen nach Dieters Einzug. Trotz weiterhin verblüffenden Eifers zum Studium erwies sich Dieter nun auch ab und an noch als tüchtiges Kindermädchen. Hatten die beiden Ärzte bisweilen gemeinsam Nachtdienst, wurde Lenas Kinderbett kurzerhand in das zweite Zimmer im Untergeschoss gestellt und die Tür ein Stück offen gelassen. Die Kleine schlief wohl bewacht und Dieter kam auf keine dummen Gedanken, wie Kirsten das kommentierte.

Die Vermutung, Roland könne irgendwann auch noch eine Familie gründen, hatten wir schon länger aufgegeben. Er war Studienrat an der Berufsschule in Leer, hatte einige Sonderaufgaben im Schulbetrieb übernommen und schien mit seinem Junggesellenleben vollauf zufrieden. Es kann jedoch der Frömmste nicht in Frieden leben, wenn er der schönen Nachbarin gefällt. Diese Beate Kayser war eine Kollegin, die mit ihren beiden Kindern im Haus ihrer Eltern die zweite größere Wohnung bewohnte und zwei Jahre zuvor ihren Ehemann, der auch an Rolands Schule gearbeitet hatte, durch eine langwierige tückische Erkrankung verloren hatte. Da ihre Mutter die Kinder betreute, wenn sie unterrichtete, und diese nicht in Schule und Kindergarten waren, konnte sie vollzeitlich arbeiten.

Manchmal wurde Roland zu Rate gezogen, wenn ein Spielzeug zu reparieren war, und hatte sehr bald die Zuneigung der beiden Kinder gewonnen. Vor allem die kleine Emma hatte ihn in ihr Herz geschlossen, aber auch der knapp drei Jahre ältere Onno mochte ihn gern. So ergaben sich zunehmend private Kontakte, bis Beate ihn eines Tages zu einer Wochenendbootsfahrt auf die kleine Yacht ihrer Eltern einlud, die inzwischen die Kinder übernahmen. Er war etwas überrascht, dass es auf diesem Kahn nur ein einziges breites Bett gab, ließ sich dann aber doch bereitwillig auf eine ergötzliche gemeinsame Nutzung ein. Nach diesem Wochenende gab er seine kleine Wohnung auf, zog ins Nachbarhaus und war dann bald mit Beate verheiratet, die ihren Namen Kayser bereitwillig dem Namen Hahn geopfert hat. Die beiden Kinder hat Roland adoptiert und mit Beate eine kleine Clara dazu fabriziert. Dass Beate vier Jahre älter ist als er, ist offensichtlich unerheblich.

Eigentlich war uns unser Haus inzwischen zu groß. Außerdem hatte sich eine etwas andere Bedarfsstruktur im Tourismus entwickelt. Unsere Ferienwohnung stand immer einmal wieder leer. So kam uns der Gedanke, mit Leyla und Tarkan in diese umzuziehen und das Haupthaus etwa dauerhaft zu vermieten. Als sich anlässlich einer Geburtstagsfeier die Gelegenheit ergab, die Sache mit der nächsten Generation durchzusprechen, setzten uns unsere Mediziner davon in Kenntnis, dass sie gerade damit beschäftigt seien, in Varel eine Praxis für Gynäkologie zu übernehmen, in der sie gemeinsam würden arbeiten können, Anke halbzeitlich, beide zeitlich versetzt, so dass Zeit für die bis dann wohl drei Kinder bleibe. Falko war gerade mal sieben Monate alt und ein weiteres Kind unterwegs. „Wenn es euch recht ist, übernehmen wir dann das Haus. Eine Wohnmöglichkeit in Varel, die auch für die Kinder lebenswert ist, hat sich eh noch nicht ergeben. Ein bisschen hatten wir auch schon überlegt, einmal mit euch zu reden." Für Kirsten war das Schönste an diesem Plan, eine neue Aufgabe als Oma zu bekommen. In ihren Beruf noch einmal zurückzukehren kam längst nicht mehr in Betracht. Und die Ponyzucht hatte angesichts der europaweiten Fohlenschwemme keinen Sinn mehr.

Unsere beiden Pflegekinder machten trotz mancher böser Erinnerungen, besonders bei Leyla, eine sichere Schulkarriere, Leyla in der Realschule und Tarkan in der Hauptschule. Er hatte mir und meinem Kollegen und Freund Axel Onken oft und gerne bei der Pflege und Instandhaltung der Oldtimer geholfen. Inzwischen war Karls BMW dazugekommen und auch der kleine Peugeot als noch Youngtimer, er war erst sechsundzwanzig Jahre alt. Axels betagter 170er Daimler, den er noch immer fest angemeldet hatte, rundete die Sammlung ab. Für die Ponys hatten wir schon Jahre zuvor direkt am Reitplatz ein solides Blockhaus als Stallung errichtet, so war nun in der alten Scheune Platz genug für die alten Autos und die Hebebühne.

Leyla hatte immer gerne mit Dieter zusammen unsere Tiere und anfangs auch die von Meyers versorgt und überraschte uns nicht, als sie uns etwa ein halbes Jahr vor ihrem sehr guten Sekundarabschluss freudestrahlend verkündete, sie habe unseren Tierarzt Dr. Korte gefragt, ob sie bei ihm eine Ausbildung zur Tierarzthelferin beginnen könne. Er habe ihr sofort und ohne Bewerbungsunterlagen zugesagt. „Ich kenne dich und dein Talent lange genug, dich bilde ich gerne aus." Wieder waren wir eine Sorge los. Tarkan hatte mit der Schule einige vierzehntägige Praktika organisiert, alle in

Autowerkstätten der näheren Umgebung. Worauf das hinauslaufen würde, war also auch schon abzusehen.

Wie alle unsere Kinder bestand auch Leyla rechtzeitig vor ihrem achtzehnten Geburtstag gleich beim ersten Mal ihre Führerscheinprüfung. Wir hatten, da der alte Peugeot nun doch besser in der Halle blieb, wieder ein „Kinderauto" angeschafft, diesmal einen kleinen Japaner, den Tarkan direkt bei seinem ersten Praktikum entdeckt hatte. „Vati, der Meister sagt, er kennt das Auto von Anfang an. Es ist top gepflegt und noch recht wenig gelaufen." Leyla konnte nun täglich damit zu Arbeit fahren. Mit dem Fahrrad war das zuvor auch ganz gut gegangen, aber bei schlechtem Wetter erledigte Kirsten bisher doch lieber für sie den Fahrdienst mit dem Auto. Kurz nach Leylas Geburtstag kam ein Schreiben der Hannoverschen Hochschule an sie, in dem sie eingeladen wurde, an einem einwöchigen Seminar teilzunehmen, in dem besondere neue Erkenntnisse der Tierzahnmedizin vorgestellt werden sollten. Referenten und Praxisanleiter waren zwei Dozenten, zwei Assistenztierärzte und zwei ältere Studenten, einer davon ein gewisser Dieter Hahn. Ihr Chef sah die Teilnahme als nützliche Ergänzung ihrer Ausbildung an und übernahm deshalb sogar die Seminargebühren.

Anke bot ihr im Häuschen Quartier. Das fast ungenutzte Zimmer im Untergeschoss war längst als Gästezimmer eingerichtet worden. Gäste nutzten Dieters kleines Duschbad. Diesen kleinen Luxus hatten wir auch bereits

116

zweimal genossen. Montags früh sollte das Seminar beginnen, also fuhr sie Sonntag beizeiten los. Donnerstagabend rief Anke an. „Macht euch auf Einiges gefasst. Bereits in der zweiten Nacht blieb Dieters Zimmer leer und in unserem Gästezimmer wurde das ganze Bett gebraucht. Und in der Dusche ist morgens richtig was los. Habt ihr gewusst, dass die Beiden so eng sind? Oder ist das jetzt hier passiert? Die strahlen um die Wette, meinen aber, wir hätten nichts mitgekriegt. Wo das Häuschen so hellhörig ist." Kirsten berichtete mir und wollte wissen, ob ich da was bemerkt hätte. „Ich hab ja von uns vor Jahren bei mir selbst zuerst nichts wahrgenommen, und du bei dir auch nicht. Aber verwunderlich ist das alles nicht, Brüderchen und Schwesterchen waren ja immer unzertrennlich."

Als Leyla dann am Freitagabend zurück kam, war Dieter am Steuer. Sie wollten uns also in Kenntnis setzen. Nach einem grundsätzlichen „Geständnis", das wir - brav überrascht - entgegennahmen, stellte ich dann doch die Frage, wie das wohl alles geschehen sei. „Diese junge Dame hat mich geplant und systematisch verführt. Wir hatten am Montag zum Einstieg eine praktische Vorführung der Zahnpflege bei Pferden, Hunden und Katzen. Anke meinte beim Abendessen, zu dem sie uns eingeladen hatte, wir stänken wie ein ganzer Bauernhof und gehörten beide geduscht. Klar, das hatten wir sogar für die Zeit vor dem Essen geplant, waren aber zu knapp gekommen. Leyla schlug vor, geh du zuerst, ich brauche eh länger. Als ich dann voller Genuss unter meiner Dusche stand, kam doch das kleine Biest mit nur einem Handtuch um in mein kleines Bad, ließ das Tuch fallen und war - schwupp - bei mir unter der Brause. In sie verschossen war ich schon lange, da gab es nun kein Halten mehr. Ich hatte bis dahin immer Hemmungen. Pflegeschwester und Liebchen in einer Person, geht das überhaupt? Und wie das geht! Das Fräulein hatte überhaupt keine Hemmungen!" Leyla lachte. „Warum auch? Wir sind nicht verwandt und hängen eh immer aneinander wie Pech und Schwefel. Das möchte ich dauerhaft, und du ja auch. Und jetzt bin ich volljährig. So bringen wir Mutti und Vati nicht in Schwierigkeiten." Sie rutschte plötzlich auf meinen Schoß, gab mir einen herzhaften Kuss und strahlte Kirsten an: „Und so bleibe ich immer euer Kind."

Meine praktische Frau meinte nun, jetzt sei wohl Ankes Zimmer genau richtig. Das große Bett sei sowieso immer gerichtet für unsere diversen Paare. Letztlich waren wir über Ankes Vorwarnung froh, so hatten wir Zeit genug gehabt, diese etwas außergewöhnliche Liebschaft zu akzeptieren. Von da an hatten wir unsere Leyla am Wochenende selten da, es sei denn, Dieter war bei uns. Kurz vor Leylas Gehilfenprüfung trat dann Reisepause ein, weil Dieter seine Examensvorbereitungen im Wesentlichen bei uns zu Hause erledigte. „Da habe ich tagsüber meine Ruhe zum Pauken und nachts meine Maus immer bei mir." Seinen Abschluss erwarb er dann auch völlig ohne Probleme. Zur natürlich notwendigen kleinen Feier bei uns zu Hause lud er alle Geschwister mit Anhang und Leylas Chef mit Ehefrau, denen er ja schließlich seinen Berufswunsch verdankte. An diesem Tag wurden auch endgültig die Weichen für seine und Leylas Zukunft gestellt. Dr. Korte bot den Beiden an, in einem knappen Jahr seine Praxis zu übernehmen. Er und seine Frau wollten in seine Heimatstadt Wittmund ziehen und trotz der Tatsache, dass er dann erst dreiundsechzig Jahre werde, aufhören. Wir wussten, dass sein Herz einen Schaden hatte. Prompt verkündete nun unser junges Paar, diese Feier sei zugleich seine Verlobung.

Dieter hatte dann einige Monate in Hannover mit Erfolg eine Zusatzausbildung in Tierzahnmedizin absolvieren können, während er in der tiermedizinischen Uniklinik als Assistent arbeitete. Leyla war dort, so oft sie konnte. Zum Zeitpunkt der Praxisübername war ihre Ausbildung beendet, die Hochzeit gefeiert und alles Notwendige vertraglich geregelt. Kortes hübsches Haus wurde ein wenig renoviert. Die Praxis im Anbau blieb, wie sie war. Unsere Bank finanzierte den kompletten Ankauf. Sogar den speziell eingerichteten Volvo konnte Dieter übernehmen und Leyla behielt vorerst ihren kleinen Japaner. Die Patientenbesitzer - vom Grossbauer bis zur Omi mit der Katze - schienen den Tierarztwechsel kaum wahrzunehmen. Leyla war weiterhin in der Praxis und am Telefon. Das gleiche Auto kam in den Hof, und unseren Jungen kannten viele Leute sowieso. Neu war der langsam wachsende Bauch Leylas, in dem bedächtig das eineiige Zwillingspärchen Max und Moritz heran reifte, das schließlich pünktlich und rundum gesund auch hier eine vollständige Familie entstehen ließ.

Ein wenig anders war das in Varel. Mehr als in anderen medizinischen Bereichen spielt bei Frauenärzten das Vertrauen der Patientinnen die Hauptrolle. Unsere beiden Naumanns mussten sich das erst erwerben, meisterten diese Aufgabe aber offensichtlich sehr gut, denn der Patientenstamm blieb nicht nur, sondern wuchs sogar. Unsere diversen Umzüge und die damit verbundenen handwerklichen Arbeiten hielten mich und in manchen Tätigkeiten auch Kirsten ganz gehörig in Trab. So waren wir zwar etwas erschöpft, aber vor allem glücklich, als alles erledigt war. Zwei unserer jungen Familien saßen nun in unserer unmittelbaren Nähe und die anderen beiden in Leer und Braunschweig auch nicht gerade am anderen Ende der Welt.

Tarkan hatte rechtzeitig zwei Autohäuser gefunden, die ihm einen Ausbildungsplatz angeboten hatten. Das mit dem Meister, der ihm unseren Kleinwagen empfohlen hatte, wurde es dann. Hundertfünfzig Meter von unserem Haus konnte er in den Linienbus steigen, der direkt vor dem Autohaus hält. Der alte Meister wie auch das noch recht junge Inhaberehepaar waren von Anfang an sehr mit ihm zufrieden, spürten seinen Ehrgeiz und ließen ihn allerlei Lehrgänge absolvieren. Das führte dazu, dass er direkt nach seiner Gesellenprüfung nicht nur im Betrieb als Geselle übernommen wurde sondern auch die Wochenendmeisterschule in Oldenburg besuchen konnte. Etwas besorgt beobachteten wir, dass er vor lauter Automobiltechnik anfing, seine früheren sozialen Kontakte außerhalb der Familie zu vernachlässigen. Seinem Freund Peter ging es bei Airbus kaum besser, wo er ein vergleichbares Ziel verfolgte. Bis zu den Meisterprüfungen ging das wohl auch nicht anders. Dann kam eines Abends Andreas Lüders, der Wehrführer unserer Ortsfeuerwehr, bei uns vorgefahren und fragte ihn, ob er nicht das Problem lösen könne, dass der Maschinist aus Altersgründen ausscheiden wolle und noch kein Nachfolger gefunden sei. Da er im Betrieb bleiben konnte - sein Meister würde im Folgejahr in Rente gehen - und nun ordentlich Freizeit haben würde, sagte er sofort zu. Viel häufiger als zuvor war er in der Folgezeit auch nicht zu Hause, verbrachte viel Zeit bei der Feuerwehr und machte dort eine flotte Karriere.

Die Wehrleute können nicht nur perfekt retten, löschen und bergen sondern auch ab und an ausgiebig feiern. Tarkan aber trank fast nie alkoholische Getränke. Einiges Wissen über die Geschichte seiner Herkunftsfamilie hinderte ihn daran. Deshalb kam er nach entsprechenden Feiern immer mit seinem schicken Auto nach Hause. Doch eines Morgens - Ostermontag nach dem Osterfeuer am Ort - vermissten wir unseren Jüngsten. Erst gegen Mittag brummelte sein PKW ungewöhnlich bedächtig in unsere Einfahrt. Er sprang aus dem Wagen und öffnete galant die Beifahrertür, der eine fröhliche junge Dame mit einer bemerkenswert hellblonden langen Haarpracht entstieg, die sich beim näheren Hinsehen als die Tochter Hanne des Wehrführers erwies, selbst auch Feuerwehrfrau und Jugendwartin. Tarkan und sie waren in der Grundschule in die gleiche Klasse gegangen, Hanne Lüders aber dann zur Realschule. Wir wussten, dass sie eine recht unglücklich mit einer Fehlgeburt beendete Beziehung zu einem jungen Mann aus Lemwerder hinter sich hatte, in Brake in der Buchhaltung der Stadtverwaltung arbeitete und aus der Zeit mit ihrem Exfreund noch immer eine hübsche Etagenwohnung am Dorfrand im Haus ihrer Großeltern Diekmann bewohnte. Wie es schien, war unser Jüngster nun auch aus dem Haus.

Vor Allem zwischen Kirsten und Hanne entstand in den Folgemonaten eine enge Herzlichkeit. Ohne große Prüfungszeit mündete die Verbindung Tarkans mit Hanne bereits nach knapp drei Monaten in die Ehe. Hanne war schwanger, und unser - auch körperlich - Kleinster wollte um jeden Preis ein eheliches Kind. Diesmal ging auch für Hanne bei der Geburt alles gut. Und Line wurde ein süßer Wonneproppen mit schwarzen Haaren und stahlblauen Augen.

Alterungsprozesse

Seit ewigen Zeiten hatten wir beide keinen Urlaub mehr gemacht. Unsere Heimat ist Ferienland, und unsere Ferienwohnung hielt uns stets am Ort. Nun konnten wir endlich die schon lange bestehende Einladung Annes annehmen, uns im schönen Gästezimmer in ihrem Freiburger Haus für zwei Wochen einzuquartieren und den Schwarzwald zu erfahren wie auch zu erwandern. Paul war schon lange in den Ruhestand gekommen. Anne hatte für die nötige Bewegung im gefährlichen „Bequemlichkeitsstand", vor allem natürlich für ihren „lesesüchtigen" Mann, kürzlich einen jungen Hund angeschafft, den wir immer zum Wandern mitnahmen, und dem Kirsten begeistert den notwendigen Gehorsam und erste Fertigkeiten beibrachte. Für unseren Schnauzer und die alten Ponyhengstchen sorgten Anke und Leyla in dieser Zeit. Für die Zwillingsmutter Leyla hatte sich eine Vertretung gefunden, die früher einmal bei Dr. Korte gelernt und gearbeitet hatte und ihre Kinder nun „aus dem Gröbsten" heraus wusste. Als Leyla später wieder in der Praxis mitarbeitete, blieb diese Sylvia Sommer als auf Dauer festangestellte Teilzeitkraft dabei. Allen war damit geholfen.

Nach unserer Rückkehr aus dem Schwarzwald bekam Kirsten plötzlich hohes Fieber und fühlte sich ungewöhnlich schwach. Unser Hausarzt konnte sich nicht recht erklären, was dahinter stecken könne. Abends ließ sich Kirsten gerne von mir ihre geschwächten Füße massieren. Sie meinte, die dadurch bessere Durchblutung sei ihr eine gute Hilfe. Eines Tages entdeckte ich eine ganz kleine punktförmige Narbe am Fußgelenk, die mir nur dadurch auffiel, dass sie anfing sich zu entzünden. Unser Schwiegersohn Markus, der einige Zeit in der Notaufnahme in Hannover gearbeitet hatte, erkannte das Ding sofort und schickte uns eilig in das Vareler Krankenhaus. Da hatte eine Zecke ihr Unwesen getrieben. Und nun konnte gezielt im Blut nach Folgen dieses Bisses gesucht werden. Schnell stand fest, Kirsten hatte den Zeckenbiss zu lange nicht bemerkt, deshalb war nicht rechtzeitig eine Antibiose durchgeführt worden. Meine Frau hatte eine Neuroborreliose eingefangen. Je nach Verlauf und Erfolg der nun folgenden Therapie waren auch böse Folgen möglich, selten sogar der Tod.

Zu unserem großen Glück hatte die folgende Behandlung einen ganz guten Erfolg, und wir betrachteten die Zeit nach ihrer Genesung als ein großes Gottesgeschenk. Natürlich ist Kirsten nie wieder so spannkräftig geworden wie vor dieser Erkrankung, doch waren auch die täglichen Anforderungen erheblich geringer geworden, so dass sie nun das Dasein einer zufriedenen Großmutter genießen konnte. Und das blieb so bis 2013. Ich war seit 2004 im Ruhestand und hatte nun auch mehr Zeit für gemeinsame Unternehmungen. Jedes Jahr unternahmen wir eine sorgfältig geplante Reise in eine uns noch unbekannte Landschaft Deutschlands. Nie stand uns der Sinn nach Auslandsreisen. Und oft genug waren wir übers Wochenende mal bei der einen oder anderen Familie unserer zahlreichen Schwestern, mal in Braunschweig bei unseren Wissenschaftlern, mal in Leer. Dort auch manchmal nur für ein paar Stunden. Auch Trauerfälle blieben in unserer Generation nicht aus. Kirstens Schwäger in Hamburg und Nürnberg verstarben kurz hinter einander, und mein alter Freund und Schwager Karl wurde nach seinem zweiten Schlaganfall teilweise pflegebedürftig. Hiltrud schaffte das aber im Wackersteiner Lehrerhaus mit bewundernswerter Energie. Zum Glück war Karls Denkvermögen vollauf erhalten. Er las viel, zeigte sich zufrieden mit seiner Lage und glücklich über die Fürsorge seiner tüchtigen Frau.

Am 21. Februar 2013 gab es einen krachenden Einschlag in unsere familiäre Zufriedenheit. Als Beate morgens aufwachte, lag Roland tot neben ihr. Es hatte in den Wochen zuvor Anzeichen für eine Erkrankung im Bauchraum gegeben, und erste Untersuchungen waren in Gang gekommen. Einen Tag nach Rolands Ende erhielt dann sein Hausarzt die Diagnose, dass der Verdacht auf ein Karzinom am Darm bestünde, der operativ zu überprüfen wäre. Da er wohl lange nichts gespürt hatte, war das nun alles zu spät. Kirsten erlitt beim Erhalt der Nachricht einen Zusammenbruch, der mir bewies, dass die Borreliose doch tiefe Schäden hinterlassen hatte. Beate, der nun der zweite Ehemann verstorben war, bewies eine wundersame Kraft. Ihre schlichte Religiosität half ihr. Auf der von ihr und ihren Kindern verschickten

Anzeige zitierten sie den Hiob des Alten Testaments: „Der Herr hat´s gegeben, der Herr hat´s genommen. Gelobt sei der Name des Herrn."

Meine Kirsten hat nach diesem zweiten Tiefschlag nicht wieder so recht Tritt gefasst. Ihr angeschlagenes Herz verursachte Angstzustände und Schwächeanfälle in beängstigend zunehmendem Maße. Trotz sorgfältiger Medikamentierung erlitt sie dann im November 2013 einen schweren Herzinfarkt, dem sie am Monatsletzten nichts mehr entgegensetzen konnte. Sie ist aber wach und dankbar gestorben, meine Hand fest in der ihren. Unsere Pläne für unsere Goldene Hochzeit waren nun Makulatur. Wie die Beerdigungsfeier unseres Sohnes war auch ihre Beerdigung angesichts unserer großen Verwandtschaft eine tröstliche Ansammlung vieler uns nahestehender Menschen.

Unsere Kinder, Schwiegerkinder, Enkel und Urenkel waren mir in der Folgezeit eine große Hilfe, und auch Beate zehrte von der Nähe der Verwandten aller Generationen. Langeweile hatte ich zuvor nie gekannt, so hatte ich auch nun, seit ich alleine in meiner Wohnung lebte, keinen Leerlauf. An den Wochenenden war ich viel unterwegs, vor allem bei unseren Kindern und ihren Familien. Besonders für Beate und mich, die wir beide so kurz hintereinander unsere Ehepartner verloren hatten, erwiesen sich diese gemeinsamen Zeiten als außerordentlich hilfreich in der Trauerarbeit und mit der Zeit auch wieder als fröhlichere und behagliche Tage.

Nachdem Roland und sie 2011 ihr großes Familien-Wohnmobil verkauft und ein kleines vollintegriertes angeschafft hatten, war ihr PKW überflüssig geworden und in die nächste Generation gewandert. Mit dem kleinen Mobil kam Beate dann auch ab und an am Wochenende zu uns, grillte etwa mit den Naumanns, dem einen oder anderen Junior und mir auf meiner Terrasse und kroch dann am Abend zum Schlafen ganz vergnügt in ihr fahrbares Häuschen, das in meiner Zufahrt zur Oldtimerwerkstatt geparkt war.

Anke und Markus arbeiteten schon lange beide in Vollzeit und weiterhin zeitlich so versetzt, dass sie auch den berufstätigen Frauen günstige Sprechstundenzeiten anbieten konnten. Nachdem unser alter Schnauzer schon vor einiger Zeit hatte eingeschläfert werden müssen, kümmerte ich mich ein wenig um die Bewegung und Anregung der beiden Mischlingshündinnen im Haupthaus, die zwar Auslauf genug hatten, aber froh waren, wenn sie beschäftigt wurden. Meine letzten Ponys waren pflegeleicht. Aber mein betagter Citroen benötigte manche Fürsorge, wenn wir ihn noch ab und an bewegen und zu entsprechenden Treffen fahren wollten. Naumanns, vor allem Cord, der Jüngste, wollen ihn auf jeden Fall behalten, einzigartig wie er ist. Für Kirsten und mich hatte ich als Alltagsauto einen kleinen Van mit Automatikgetriebe angeschafft, den uns Tarkan und Hanne besorgt hatten, und den ich nun nicht mehr hergeben mag.

Lena muss auf ihr Medizinstudium drei Jahre warten, machte in dieser Zeit eine Ausbildung zur Medizinisch Technischen Assistentin und steckt nun mitten in der Gehilfenprüfung. Sie wohnt in Münster mit ihrem Freund zusammen, dieser ist schon Medizinstudent. Sie würden wohl ganz gerne später die Naumannsche Praxis übernehmen. Falko hat in München ein Studium der Mess- und Regeltechnik begonnen und ist (noch?) überzeugter Junggeselle. Und Cord hat zwar kurz vor seinem Abitur noch keinen genauen Plan, man könnte sich ihn aber als Ingenieur in der Fahrzeugindustrie vorstellen. Er geht noch wie früher unsere Gymnasiasten in das Gymnasium in Jaderberg. Und dort ist er schon öfter mit dieser jungen Dame gesehen worden, von der bereits zuvor die Rede war.

Sabine und Tjark sind inzwischen in der Fluggerätebranche gefragte Spezialisten, deren Material- und Stabilitätsgutachten anerkannt werden und sogar zuweilen bei Gerichtsverhandlungen wesentliche Bedeutung haben. Sabine und ihre Freundin Heidi Spieker haben sogar einen Innovationspreis der Flugzeugindustrie erhalten. Die patentierte Spieker-Wulff-Tiefziehtechnik hat einen Siegeszug durch fast die ganze Welt gemacht.

Was uns alle erstaunte, ihren beiden Kindern haben unsere Wulffs ihre Extrembegabungen nicht vererbt. Weder Björn noch Michaela hoben sich intellektuell irgendwie von anderen Kindern ab. Björn weist vordringlich die Zuverlässigkeit und den Fleiß seines Vaters auf, Michaela hingegen den gefährlichen Charme und die Frühreife ihrer Mutter und Großmutter. So nimmt es nicht Wunder, dass sie bereits mit fünfzehn gelegentlich einer Studienfahrt ihren Klassenlehrer verführte und dafür sorgte, dass dieser strafversetzt sowie vorbestraft und sie von der Schule gewiesen wurde. Ihr Umstieg in eine andere Schule brachte es aber mit sich, dass sie - wie einst ihre Mutter nach unserem Gespräch - merklich zurückhaltender wurde. Sie entwickelte aber dann doch schon während ihrer Vorbereitung zum Abitur einen sichtbaren Bauch. Sie heiratete den Vater des Kindes eine Woche nach dem Erhalt des Abiturzeugnisses und macht immerhin eine ordentliche Ausbildung im Finanzamt. Ihr Mann ist zwölf Jahre älter als sie und selbstständiger Steuerberater, der Braunschweiger Karneval hat sie zusammengebracht. Björn ist noch allein, er ist Goldschmied und nach Kirstens Urteil ein wahrer Künstler. Es sieht im Augenblick danach aus, dass er in einigen Jahren den Betrieb seines Ausbilders übernehmen kann, da dieser kinderlos geblieben ist.

„Brüderchen und Schwesterchen" sind in ihrer Tierarztpraxis glücklich und fest in der Region verwurzelt. Die Zwillinge Max und Moritz und ihre jüngere Schwester Jule - Leylas Schwäche für Wilhelm Busch ist unverkennbar - sind schon alle drei eifrige Schulkinder. Was aus diesen Dreien einmal werden wird, ist natürlich noch nicht absehbar. Deutlich sichtbar ist lediglich, dass der bedächtige Moritz wohl am Meisten an der Arbeit seiner Eltern interessiert ist. Alles kommt wieder.

Tarkan und Hanne Büsing sind inzwischen Mitinhaber des Autohauses und haben drei Töchter. Line ist mit ihrem pechschwarzen Haar und den stahlblauen Augen ein einzigartig hübsches Kind und stolze Schulanfängerin. Grete ist eine recht Geschwätzige und mischt den Kindergarten ganz schön auf. Und Merle lernt gerade Laufen. Die Büsings versorgen immer wieder die ganze Verwandtschaft mit bezahlbaren Autos. Für Hanne, die Zahlenfrau, ist das Ehrensache.

Die Leeraner Kinder haben alle drei nicht nur erfolgreich Fächer für die pädagogische Arbeit studiert, sondern arbeiten auch im Schuldienst. Onno ist wie seine Frau Anneke an der Berufsschule in Leer tätig, an der schon seine Eltern gemeinsam gearbeitet haben. Beate hat also zwei Kollegen aus der eigenen Familie. Und die wohnen mit ihren beiden Kindern auch noch im gleichen Haus. Dass hier die eine oder andere Spannung denkbar ist, zumal beide Frauen selbstbewusste „Alphatiere" sind, erstaunt kaum. Ich war mir von Anfang an sicher, dass Beates häufige Besuche bei Naumanns und mir damit zu tun haben, dass sie mit ihrer Schwiegertochter weiterhin ein herzliches Verhältnis behalten möchte, für dessen Erhalt bis zu seinem Tod Roland die Garantie bot. Emma ist Grundschullehrerin in Bensersiel und überzeugter

Single. Clara indessen unterrichtet an der Grundschule in Waake bei Göttingen in Teilzeit, war schon als Studentin mit ihrem jetzigen Schulleiter verheiratet und hat eine Tochter, die wie ein Kinderbild von Kirsten aussieht. Es stimmt eben wirklich, was mein Vater immer behauptete: Alles kommt wieder.

Als im Jahr 2016 die Heide zu blühen begann, war Beate wieder einmal freitags am Nachmittag mit ihrem schicken Wohnmobil bei uns vorgefahren. Trotz der nicht gerade guten Wetteraussichten schlug sie mir vor, am Samstag mit ihr in die Lüneburger Heide zu fahren und uns diese Blütenpracht einmal in Ruhe anzuschauen. Sie hatte wohl bemerkt, dass mir einige gemeinsam mit dem Mobil gemachte Tagesausflüge recht gut gefallen hatten. „Nimm dir sicherheitshalber Wechselkleidung mit, dann kann uns auch ein überraschender Regen den Spaß nicht verderben."

Früh am Morgen brachen wir auf, fanden einen völlig leeren, kleinen, für Wohnmobile eingerichteten Parkplatz am Rand einer großen blühenden Fläche und machten uns dann auch gleich auf den gut ausgebauten Rundweg. Ich bin noch immer gut zu Fuß und konnte mit Beates Wandergeschwindigkeit gut mithalten, obwohl sie bewundernswert durchtrainiert und schlank ist. Kirsten und sie waren sich immer einig, dass man durch Kinderkriegen nicht seine Figur verlieren muss. Meine Frau war bis zu ihrem Tod bemerkenswert attraktiv und Beate ist das auch.

Natürlich kam es, wie es kommen musste. Durch einen plötzlichen starken Regenguss kamen wir trotz Schutzkleidung nachmittags patschnass von unserer Wanderung zurück. Beate lachte: „Siehste, gut dass wir Wechselklamotten mit haben." Wir machten, dass wir in das trockene Fahrzeug kamen, Beate zündete die Gasheizung an und dann schälten wir uns aus der nassen Kleidung. Ruck-zuck hatte meine Schwiegertochter ihre Regenjacke, ihre nassen Wanderschuhe samt Socken, ihre Bluse und ihre Jeans ausgezogen und hing sie gekonnt an die Trockenstangen unter dem Dach der Duschkabine.

Irgendwie kam ich über Schuhe und Jacke nicht hinaus, ich war vollständig gefangen von Beates jählings offen gelegter Schönheit. Ihr straffer Körper wurde ja nur noch von ihrer knappen Leibwäsche notdürftig bedeckt. Sie sah meinen Blick, streifte flink auch diese kleinen Kleidungsstücke noch ab, setzte sich auf die Kante des breiten Querbetts im Heck und sagte mit seltsam rauer Stimme: „Nun mach schon und komm." Schlagartig war mir klargeworden, dass ich schon seit einiger Zeit diese Frau heftig zu begehren begonnen hatte. Und sie hatte das gewusst. Als wir später zu einer Abendmahlzeit am gemütlichen Tisch saßen, wurde mir bewusst, dass die schlaue Beate diese ganze Unternehmung sorgfältig geplant und vorbereitet hatte. Sie hatte zur Klärung unserer Beziehung einen Ausflug mit mir organisiert, wie damals mit Roland. Es ist schon so, alles kommt wieder.

„Du hast also bemerkt, dass ich mich in dich verliebt hatte", stellte ich fest. „Nicht nur das. Ich wollte dich auch, und das schon seit Längerem. Was glaubst du, warum ich so oft gekommen bin. Ich war mir zuerst nicht ganz sicher, ob ich dich einfangen könnte, seit Kurzem aber ganz gewiss, dass du mich ebenso lieb gewonnen hast wie ich dich." Nun hatte ich also ein Verhältnis mit meiner Schwiegertochter, die immerhin fast genau zweiundzwanzig Jahre jünger ist als ich. Und ich war in wenigen Wochen siebenundsiebzig. Doch ich war mir sofort ganz sicher, dass das so in Ordnung ist.

Bis zum nächsten Mittag sind wir kaum aus dem Wagen gekommen. Nur einen ausführlichen Spaziergang in der Morgensonne haben wir uns gegönnt. Und nach dem Mittagessen ging es dann zurück zu mir nach Hause. Als wir aus dem Mobil stiegen, kam meine liebe Tochter aus der Haustür, legte mir ihre Hand auf den Arm und schmunzelte: „Hat sie es endlich geschafft. Falko und Cord haben schon vor Wochen Wetten abschließen wollen, wie schnell sie dich wohl rumkriegt. Wir haben ja gesehen, was mit euch los war. Wir finden das für euch beide eine prima Lösung. Schade, dass ihr nun so viel herumfahren müsst, um euch zu haben." „Meinen Versetzungsantrag nach Varel habe ich schon gestellt. Wenn ich dann hier wohne, ist das auch meinem - noch - guten Verhältnis zu meiner Schwiegertochter nur förderlich." Dieses clevere Frauenzimmer hatte bereits an alles gedacht. Und dass mich nichts nach Leer ziehen würde außer der Sehnsucht nach ihr, war ihr auch bewusst.

Wir haben in ihren Ferien schon einige schöne Wohnmobilreisen miteinander gemacht. Unsere bei uns beiden gleich vollen grauen Haare und meine dankenswert gute Gesundheit und Kondition lassen viele Leute, denen wir begegnet sind, völlig im Unklaren über unser jeweiliges Alter. Wir finden das recht amüsant. Oft erzählen wir einander von unseren verstorbenen Ehepartnern und markanten Ereignissen, die wir mit ihnen erlebt haben. Über Matthias Kayser, Beates ersten Ehemann, hatte ich zuvor fast gar nichts gewusst, und meinen Ältesten lernte ich durch die Erzählungen seiner Witwe noch einmal ganz neu und völlig anders kennen. Beate merkte ihrerseits, wie viele Gemeinsamkeiten sie mit meiner Kirsten aufweist. Irgendwann gestanden wir uns gegenseitig ein, dass diese unsere verstorbenen Partner irgendwie immer bei uns beiden zugegen waren, in unseren Gesprächen, in unseren Entscheidungen, ja sogar in unseren Liebkosungen. Und wir lernten, das zu genießen. Inzwischen ist Beates Versetzung erfolgt und gerade heute steht der Miet-Lieferwagen vor ihrem Haus, mit dem Onno die Dinge, die sie hier haben möchte, nachher bei mir abliefern will. Dann hat die ewige Hin- und-Her-Fahrerei endlich ein Ende. Ich freue mich darauf, meine Liebste ganz hier zu haben, jeden Tag, jede Nacht. Das Leben ist so kurz, wer weiß, wie viel gemeinsame Zeit uns noch bleibt.

Epilog

Annes schwerer Brief ist fast vollständig mit dem Schreibprogramm eines Computers geschrieben. Das ist ebenso völlig ungewöhnlich, wie der Zeitpunkt Ihres Schreibens. Also setze ich mich erst mal an das helle Küchenfenster und beginne zu lesen:

„Ihr lieben Geschwister,

um Euch wirklich ohne Korrekturgeschmier, aber ordentlich gegengelesen von Paul, diesen wichtigen Brief schreiben zu können, nehme ich unseren Computer. Die letzten Wochen haben uns beide, vor allem aber mich, gewaltig aufgewühlt. Am 7. August bekamen wir einen Brief von einem Clemens Koch aus Rottweil. Er habe erfahren, dass ich eine geborene Hahn sei, aus einem hessischen Dorf namens Wackerstein stamme und wohl die Frau sei, die ihn am 10. November 1957 in einer Klinik in Waldshut zur Welt gebracht habe. Er sei schon zuvor am 9. September von seiner leiblichen Mutter, also vermutlich von mir, zur Adoption freigegeben worden.

Ihn habe dann sofort am 11. November ein bis dahin kinderloses Ehepaar aus Bad Säckingen in Adoptionspflege übernommen. Sein Adoptivvater habe als Ingenieur im Rhein-Wasserkraftwerk Albbrück-Dongern gearbeitet. Er selbst sei nach seinem Studium als Verwaltungsjurist mit seiner Frau in Rottweil sesshaft geworden, habe drei Kinder und fünf Enkel und sei nun auf die Suche nach seiner biologischen Herkunft gegangen. Er bäte von Herzen darum, mich kennen zu lernen, wenn ich denn dazu bereit wäre. Er hätte vor, sich bei mir zu bedanken, dass ich ihn ausgetragen und zur Adoption freigegeben habe.

Wenn ich Euch das so schreibe, wird es Euch in tiefes Erstaunen versetzen. Ihr habt es ja nicht gewusst, dass ich 1957 ein Kind ausgetragen und geboren habe. Viel heftiger ist, mein lieber Mann hat bis zu diesem Brief auch keine blasse Ahnung davon gehabt. Ich habe Paul diesen Brief sofort zum Lesen gegeben und ihn reumütig um Vergebung für mein Verschweigen gebeten. Und er hat mir vergeben, sofort und vorbehaltlos. Ihr wisst ja selbst, ich habe einst einen wunderbaren Mann geheiratet. Wieder hat er es mir bewiesen. Wir haben sofort beschlossen, meinem ersten Kind den Zugang zu seiner Mutter zu öffnen.

Bevor wir Clemens aber eingeladen haben, uns mit seiner Frau zusammen aufzusuchen, habe ich Paul die ganze schreckliche Geschichte des Jahres 1957 haarklein berichtet. Und nun, wo wir Clemens kennengelernt haben und viele Tränen geflossen und wieder getrocknet sind, will ich auch Euch das alles in allen Einzelheiten darlegen. Leid ist mir dabei, dass Kirsten es nicht mehr erfahren kann. Dafür aber nun Beate. Es ist für mich eine ganz unerwartete Befreiung, endlich auch Euch alles zu berichten, was sich seinerzeit zugetragen hat.

Hiltrud und Hartmut wissen, dass ich in Göttingen im ersten Lehrjahr mit meinen Mitlehrlingen Laura und Ute zusammen ab und an als Begleitdame von den Studenten der dem Hotel benachbarten Burschenschaft eingeladen wurde. Das war immer sehr nett, die jungen Herren hatten geschliffene Manieren, und ihr jeweiliger Fuxmajor achtete peinlich genau, dass die Etikette eingehalten wurde. Wir genossen die Achtung, die uns bei den ‚Damenfesten‘ entgegengebracht wurde. Das waren zwei offizielle Semesterbälle, und drei kleine Partys. Die dritte fand am 9. Februar 1957 statt und war das Ende einer zuvor durchgeführten Winterwanderung, im Jargon der Farbenbrüder ‚Exbummel‘ genannt. Den ganzen Weg über hatte ich mich ganz angeregt mit einem Jurastudenten namens Wolfgang Boldt unterhalten, den ich schon beim Semesterball im Dezember als Tischherr hatte. Er war ein ziemlich zurückhaltender junger Mann in etwa meinem Alter, der aber viel wusste und recht interessante Gedanken äußerte.

Nach dem Bummel wurde dann ‚auf dem Haus‘ jene kleine Party gefeiert. Trotz einer gewissen Müdigkeit wurde zuerst ein bisschen getanzt, doch recht bald artete das Ganze in ein großes Besäufnis aus. Den meisten Mädchen wurde das langsam unangenehm, so machten wir uns nach und nach von dannen. Da wir drei aus dem Waldhotel durch den Nebenausgang im Untergeschoss, das tief in den Berg hinein gebaut war, über einen Gartenpfad auf kurzem Weg zum Personaleingang des Hotels gelangen konnten, hatten wir unten unsere Wanderschuhe gegen eleganteres Schuhwerk getauscht, und unsere Mäntel dazu gehängt. Also gingen wir nach unten. Während Laura und Ute sofort ihre Schuhe tauschen konnten, musste ich plötzlich zur Toilette. Eine solche gab es auch dort im Untergeschoss, das wussten wir. Als ich aus der Toilette zurückkam, standen Wolfgang und zwei weitere seiner Bundesbrüder grinsend im Flur. Einer war der überkorrekte aktuelle Fuxmajor. Die beiden anderen Mädchen waren schon vorausgegangen.

Als ich mich bückte und meine leichten Schuhe eben ausgezogen hatte, packten mich plötzlich zwei der drei Kerle an meinen Oberarmen, zogen mich hoch, fassten mit der jeweils anderen Hand unter meine Knie, trugen mich trotz meines Protestes in das kleine Billardzimmer und schlossen die Tür. Sie legten mich auf den in der Ecke stehenden Tisch und hielten mich eisern fest. Der dritte schlug meinen Rock hoch, zog mir mit einem Ruck meine warme Strumpfhose und meinen Schlüpfer aus und packte dann eilig sein erregtes Werkzeug aus. Die beiden Anderen zogen mir gewaltsam die Oberschenkel auseinander. Völlig schweigend, aber heftig keuchend vergewaltigte mich der Dritte, dann hielt er mich auf einer Seite fest und der Nächste verging sich an mir. Wolfgang war der Letzte. Bei ihm dauerte es wenigstens nicht so lange wie bei den beiden anderen. Dann zog er mir fast fürsorglich meinen Schlüpfer und die Strumpfhose wieder an, und die beiden anderen Kerle stellten mich auf meine Füße. Wolfgang wurde geschickt, meine Schuhe und meinen Mantel zu holen und mich fertig anzuziehen. Ich stand total erstarrt, wie eine Schaufensterpuppe. Dann brachten mich die Drei zur Nebentür und schoben mich in die Kälte hinaus. Der sonst so höfliche Fuxmajor grinste: ‚Jetzt weißt du, wofür ihr Weiber wirklich gut seid. Fürs Vögeln.‘ Sein Atem stank widerlich nach Alkohol.

Die Schmerzen im Unterleib waren kaum zu ertragen, aber hundertmal schlimmer war der Schmerz in meiner Seele. Ich schlich hinüber ins Hotel, verkroch mich in mein Zimmer im Untergeschoss und ließ mich zuerst in eine Ecke fallen, um haltlos zu weinen. Die gute Laura hatte angefangen, sich Gedanken zu machen, als ich so lange weggeblieben war. Nun hatte sie mich kommen hören und wollte noch einmal schauen, ob alles in Ordnung war. Schon im Schlafanzug kam sie über den Flur herüber. Aber nichts war in Ordnung, ich zitterte am ganzen Körper, obwohl geheizt war und ich noch meinen

Mantel und meine Kapuze über hatte. Laura half mir zuerst aus dem Mantel und den Schuhen, nahm mich dann in ihren Arm und ließ sich berichten, was mir zugestoßen war. Zum Glück, das weiß ich heute, konnte ich mir dadurch mein Elend sofort von der Seele reden. Ich wollte dann unbedingt duschen, ich kam mir so beschmutzt vor. Auch hierbei war mir Laura behilflich.

Sie packte mich dann in mein Bett, kroch zu mir unter die Decke und nahm mich fest in ihre Arme. Ihr glaubt nicht, welche Hilfe das für mich war. Viel geschlafen haben wir in dieser Nacht nicht, aber genau verabredet, wie wir beide mit der Sache umgehen wollten. Weder Eva und Günter Linnemann noch auch Ute sollten von der Tragödie etwas erfahren. Ich wollte versuchen, dem Arbeitsalltag so gut wie möglich standzuhalten, würde mir aber einen Notfalltermin bei der einzigen Frauenärztin der Stadt besorgen, die ich aus anderen Gründen im Herbst schon einmal aufgesucht hatte. Sie war eine ältere vertrauenerweckende Dame, der ich mich anvertrauen wollte. Alle anderen Frauenärzte in Göttingen waren Männer, denen hätte ich mich in diesem Gemütszustand niemals geöffnet.

Der nächste Tag brachte Laura und mir je einen deftigen Anschiss unserer Chefin ein, weil wir doch recht unkonzentriert und alles Andere als ausgeschlafen waren. ‚Das war das letzte Mal, das ihr drüben bei der

Burschenschaft gewesen seid! Ihr seid ja zu nichts zu gebrauchen!' Wenn sie gewusst hätte, wie sehr dieses Verbot, das auch für Ute galt, in unserem Sinne war! Ich verschaffte mir einen Notfalltermin bei der Ärztin und konnte ihr noch an unserem Ruhedienstag in der gleichen Woche meine körperlichen Verletzungen zeigen und die seelischen mitteilen. ‚Es ist gut, dass sie gleich gekommen sind. So kann ich ihnen zum Einen sagen, dass die Unterleibsverletzung nicht schwerwiegend ist und recht bald verheilt sein wird. Und was die seelische Belastung anbetrifft, sind sie auf einem guten Weg. Gut, dass sie diese Freundin haben und sofort über die Vergewaltigung sprechen konnten. In drei Wochen kommen sie bitte nochmals zu mir, damit ich untersuchen kann, ob das Ganze Folgen hat.' Der Gedanke, dass ich von einem der Täter auch noch schwanger sein könnte, war mir noch gar nicht gekommen. Die Angst davor kroch in mich hinein, doch gleich tröstete mich die Ärztin: ‚Auch dafür finden wir gemeinsam einen Weg.'

Die weitsichtige Laura hatte längst diese Möglichkeit bedacht. Sollte ich dann das Kind austragen wollen, was sie vermutete, sollte das keinesfalls in der inzwischen sehr belasteten Atmosphäre im Hotel der Linnemanns geschehen. Also hatte sie sich aus einer Telefonzelle unweit des Hotels mit ihren Eltern in Verbindung gesetzt und dort gefragt, ob die bereit seien, mir mit ihr zusammen den notwendigen Rahmen zu bieten, im Schutz ihres Landhotels eine solche belastende Schwangerschaft zu überstehen, das Kind zur Welt zu bringen und dessen Zukunft so zu organisieren, dass ich es ertragen könne. Als Lehrling übernehmen wollten sie mich in jedem Fall, und für den Fall des Falles auch für meinen Schutz sorgen helfen. Mein Termin bei der Frauenärztin am 5. März brachte dann die gefürchtete Bestätigung, ich war schwanger. Dort fiel auch die Entscheidung, das gewaltsam gezeugte Kind auszutragen und nach der Geburt sofort zur Adoption frei zu geben. Mehr hätte ich für das unschuldige Wesen in meinem Bauch nicht zu tun vermocht. Die Ärztin bestärkte mich in meiner Entscheidung, so sei es für Mutter und Kind das Beste.

Unser Hotel war vom 11. bis 17. März geschlossen, Linnemanns machten im Oberharz, wie alljährlich, Wanderurlaub. So konnte ich mit Laura in ihrem Auto in den Schwarzwald reisen, das herzerfrischend liebe Ehepaar Abt kennen lernen und dort meinen Vertrag für die Fortführung meiner Ausbildung abschließen. Als Laura und ich dann Ende April bei unserem Umzug in den Süden in Wackerstein Station machten, war ich bereits mit dem dritten Schwangerschaftsmonat fast durch. Gemerkt hat das niemand von Euch, ich hätte das auch nicht gewollt. Ich war doch immer schon die Meisterin des Verschweigens. Die Familie Abt hat mich bis zur Geburt meines Sohnes ganz geschickt aus der Öffentlichkeit fern gehalten. Das Kaufmännische und die Organisation wurden meine Aufgaben. Vater Abt hat mir bald sehr viel anvertraut. Weil Laura durch ihre stürmische Liebesgeschichte mit unserem Superkoch Lothar Bräuchle bis zu ihrer Heirat und darüber hinaus ziemlich mit Beschlag belegt war, wurde Mutter Abt meine wichtigste Vertrauensperson. Mit ihrer liebevollen Unterstützung habe ich die erzwungene Schwangerschaft bestens gestemmt und schon vor der Geburt die Freigabe zur Adoption erklärt. Sie hat mich dann sogar selbst in die Klinik nach Waldshut gebracht und blieb über die Geburt bei mir. Auf der Geburtsurkunde steht kein Vorname, den sollte die Adoptivfamilie wählen.

Meinen Paul hat diese ganze Sache veranlasst, in seinen psychologischen Fachbüchern sehr intensiv über Gruppenvergewaltigungen nachzuforschen. Alles passt: Die Täter sind in der Regel jünger als bei Einzelvergewaltigungen und vorwiegend männlich. Meist handelt es sich um Täterkollektive mit traditioneller hierarchischer Struktur. Die kollektive Verantwortungslosigkeit führt dazu, dass eine Gruppe gemeinsam ein schweres Verbrechen verübt, zu dem der Einzelne alleine nicht fähig wäre. Machostrukturen von Männerbünden und ihre Behandlung von Frauen als „Gebrauchsgegenstände" führen zu diesen Taten. Die

Anpassung an die Gruppennorm schafft sogar zuweilen erst die Motivation des einzelnen Täters. Alkohol oder andere Drogen können zusätzlich enthemmend wirken. Das durch die zahlenmäßige Überlegenheit verstärkte Ohnmachtsgefühl des Opfers wird genossen, die Tat als ‚besondere Form der Unterhaltung' verstanden. Eine Gruppenvergewaltigung verursacht dem Opfer erheblich schwerere physische und psychische Schäden als eine Vergewaltigung durch einen Einzeltäter. Die Schwere der Opferreaktionen ist aber sehr unterschiedlich. Sie hängt unter anderem von den bei der Tat eingesetzten Gewaltmitteln, vom sozialen Umfeld und dessen Umgang mit der Vergewaltigung, von der Dauer der Verdrängung des Erlebten und vom Alter des Opfers ab. Einige Opfer finden auch ohne spezielle Betreuung zu einem normalen Leben zurück, anderen gelingt es nur langfristig, durch eine Psychotherapie oder gar nicht.

‚Mit deiner Freundin Laura und ihren Eltern hattest du ein unglaubliches Glück. Die Familie Abt war das Geschenk des Himmels für dich.' Paul hatte alles nun für sich eingeordnet und erwartete wie ich gespannt die erste Begegnung mit Clemens. Der kam mit seiner Frau pünktlich zum vereinbarten Termin in unser Häuschen hier in Freiburg. So arg weit ist das ja gar nicht zu fahren. Und dann stand er vor mir, ein drahtiger Sechzigjähriger, unserem Vater unglaublich ähnlich. Während des ersten Besuchs wurde mir aber an vielen Einzelheiten seiner

Sprechweise, an bestimmten Bewegungen und an einer gewissen auffällig zurückhaltenden Art unzweifelhaft klar, Wolfgang Boldt war sein Vater. Später habe ich Paul diese Beobachtung mitgeteilt und ihm gestanden, dass ich erleichtert darüber sei, dass keiner der beiden älteren so viel brutaleren Täter den Jungen gezeugt habe. Irgendwie hat mir trotz aller Wut dieser Wolfgang auch immer ein bisschen leid getan. Er war ja nicht nur Täter, sondern auch in gewisser Weise Opfer.

Inzwischen haben wir und unsere Nachkommen regen Kontakt zur Familie Clemens Koch mit allen ihren Nachkommen, die ja auch meine sind. Clemens hat uns gebeten, ein wenig seine schon länger verstorbenen Adoptiveltern zu ersetzen, solange es uns noch gibt. Und ich bin nun nach all den vielen Jahren des Restunbehagens endlich mit meiner Lebensgeschichte ausgesöhnt und genieße mit Paul unser Urgroßelterndasein in jeder Hinsicht dankbar und zufrieden.

Es grüßt Euch - auch Paul lässt Euch grüßen -

Eure Schwester Anne."

Beate hat gerade angerufen und vermeldet, dass sie und Onno jetzt losfahren. Sie soll diesen Brief nachher gleich lesen. Neun Uhr ist vorbei, nun muss ich Anne wirklich dringend anrufen und ihr zum Geburtstag gratulieren. Ich werde ihr nicht berichten, dass ich am vergangenen Wochenende in unserer Tageszeitung eine Todesanzeige gelesen habe, in der von seinen trauernden Hinterbliebenen das Ableben unseres - mir durchaus wohlbekannten - ehemaligen Zweiten Kreisrates Wolfgang Boldt bekanntgegeben wurde. Ehrende Nachrufe seines Gesundheits-, Sozial-, Jugend- und Schuldezernats sowie seiner Burschenschaft fanden sich darunter.

Vom selben Autor sind bisher folgende Bücher erschienen:

- Am Außendeich, Geest-Verlag 2020,
  ISBN 978-3-86685-812-1

- Erben verpflichtet, Geest-Verlag 2021,
  ISBN 978-3-86685-835-0

- Gelernt zu leiden ohne zu zerbrechen?, Verlag BoD 2021,
  ISBN 978-3-7534-4379-9

- Dorfkristallnacht, 2. Auflage, Verlag BoD 2021,
  ISBN 978-3-7557-3720-9

- Pommerland ist abgebrannt, Verlag BoD 2022,
  ISBN 978-3-7557-0732-5

- Milch und Honig, Verlag BoD 2022,
  ISBN 978-3-7543-8497-8

- Unbillig, Verlag BoD 2022
  ISBN 978-3-7562-3744-9

- Schwei, Verlag BoD 2022,
  Zusammenfassung einer alten Dorfchronik
  ISBN: 978-3-7568-4437-1

- Die Uhr tickt + Hoffnung schafft's, Verlag BoD 2022
  Zwei Erzählungen vom Leben behinderter Pflegekinder
  ISBN: 978-3-7568-5637-4

roos-gerhard-autor.de